Nippon所蔵

# Nippon所蔵

## 日本懸疑物語一〇〇談。

# Nippon所蔵
## 日本懸疑物語100談。

# ［目錄］
## Contents

# CASE 3　推理流派面面觀

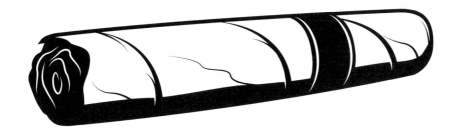

# CASE 4　名偵探檔案

日本懸疑物語100談 / 藤本紀子，EZ Japan
編輯部著；郭子菱譯 .-- 初版 .-- 臺北市：日
月文化, 2018.11
144 面；21×28 公分 . -（Nippon 所藏；9）
ISBN 978-986-248-761-7（平裝附光碟片）

1. 日語　2. 讀本
805.18　　　　　　　　107016169

◎ 全書 MP3 下載

| | |
|---|---|
| 作者 | 藤本紀子、EZ Japan 編輯部 |
| 譯者 | 郭子菱 |
| 審訂 | 既晴 |
| 繪者 | 馮思芸 |
| 企劃 | 譚聖彧 |
| 主編 | 蔡明慧 |
| 校文 | 蔡明慧 |
| 配音 | 藤本紀子、蔡明慧 |
| 錄音後製 | 今泉江利子、藤本紀子、吉岡生信 |
| 內頁排版 | 許紘維 |
| 視覺設計 | 簡單瑛設 |
| 錄音後製 | 純粹錄音後製有限公司 |
| 發行人 | 洪祺祥 |
| 副總經理 | 洪偉傑 |
| 副總編輯 | 曹仲堯 |
| 法律顧問 | 建大法律事務所 |
| 財務顧問 | 高威會計事務所 |
| 出版 | 日月文化出版股份有限公司 |
| 製作 | EZ 叢書館 |
| 地址 | 臺北市信義路三段 151 號 8 樓 |
| 電話 | (02) 2708-5509 |
| 傳真 | (02) 2708-6157 |
| 客服信箱 | service@heliopolis.com.tw |
| 網址 | www.heliopolis.com.tw |
| 郵撥帳號 | 19716071日月文化出版股份有限公司 |
| 總經銷 | 聯合發行股份有限公司 |
| 電話 | (02) 2917-8022 |
| 傳真 | (02) 2915-7212 |
| 印刷 | 禹利電子分色有限公司 |
| 初版 | 2018 年 11 月 |
| 初版二刷 | 2020 年 1 月 |
| 定價 | 350 元 |
| ISBN | 978-986-248-761-7 |

# CASE 1

## 推理特訓班

推理單語集

專欄　　日本推理小說獎項

# 推理單語集 1

文／EZ Japan 編輯部

## ミステリー　　　推理

外來語語源為 mystery，指神祕、懸疑，也指廣義上的推理小說。

## アリバイ　　　不在場證明

事發當時不在現場的證明。許多推理小說都會利用不在場證明作為破案的關鍵。

## 物理<sub>ぶつり</sub>トリック　　物理性詭計

利用物理原則，如冰做成的子彈殺人等。

## 心理<sub>しんり</sub>トリック　心理性詭計

利用心理上的盲點，例如混亂時大叫不在場的人名，讓大家以為那人也在。

## 密室<sub>みっしつ</sub>　　　密室

密閉的房間。可能因上鎖、被監視、雪後被封閉等各種原因，使房間呈現無人可以進入的狀態，成為推理小說常見的題材。

## トリック　　　詭計

為了隱藏犯罪的事實，而設下的計謀，有許多種詭計分類。

## 仕掛<sub>しか</sub>ける　　　設置

設置裝置、機關等意思，例如罠<sub>わな</sub>を仕掛<sub>しか</sub>ける（設置陷阱）、トリックを仕掛<sub>しか</sub>ける（設下詭計）等。

## 叙述<sub>じょじゅつ</sub>トリック　敘述性詭計

利用人類先入為主的盲點、偏見等，讓讀者誤認登場人物的性別、角色等。也稱作信頼<sub>しんらい</sub>できない語<sub>かた</sub>り手<sub>て</sub>。

## 見破<sub>みやぶ</sub>る　　　識破

偵探的使命就是要能識破真相，例如正体を見破<sub>やぶ</sub>る（識破真相）、トリックを見破<sub>みやぶ</sub>る（識破詭計）。

## 探偵役　<sub>たんていやく</sub>

擔任偵探者

在推理小說中擔任解開謎底的角色。不一定是真的偵探，有時也可能是解開日常生活謎題的主婦、小學生等。

## ワトソン役　<sub>やく</sub>

擔任助手者

源自名偵探福爾摩斯的助手華生，日文寫作ワトソン。後來就將助手角色的人統稱為ワトソン役。如島田莊司筆下偵探御手洗潔，ワトソン役即為石岡和己。

## ダイイングメッセージ

死前留言

外來語語源為 dying message，指被害者留下的訊息，其中可能藏有暗示兇手、破案關鍵等資訊，推理小說中偵探需解讀訊息，找出其中關鍵。

## 安楽椅子探偵　<sub>あんらくいす　たんてい</sub>

安樂椅偵探

指不出房門或是不去現場來推理的偵探。如《謎解きはディナーのあとで（推理要在晚餐後）》中的管家影山，主要是根據大小姐麗子對事件的描述來做推理。

## 一人二役　<sub>ひとり　ふたやく</sub>

一人分飾二角

推理小說中常見的伎倆。同一人偽裝成兩種身分，來混淆偵探及讀者的視聽。相反則為二人一役（兩人飾一角）。

## ジャンル

流派、種類

外來語語源為 genre（法）。在日本推理小說中，分為本格、新本格、社會派、旅情派、冷硬派等流派。

## ネタバレ

劇透

ネタ為種的倒語，指故事的情節、橋段，或是結局。バレ則是從ばれる（暴露）而來。兩字合在一起即為ネタバレ，也就是中文的劇透、爆雷。

## 未解決事件　<sub>み　かいけつ　じ　けん</sub>

懸案

也稱作迷宮入り。指沒有解決的案子。日本著名的懸案有三億円事件（三億圓事件）、グリコ森永事件（固力果森永事件）等。

## カギを握る　<sub>にぎ</sub>

關鍵

形容握有事件重要關鍵的人事物。若主詞為人，也可稱作キーマン（關鍵人物、重要人物）。

## 見立て殺人　<sub>み　た　　さつじん</sub>

附會殺人

比擬某件事物的殺人事件。在橫溝正史的作品中常出現，例如《悪魔の手毬唄（惡魔的手毬歌）》，被害者們的屍體狀態和當地流傳的歌詞描寫相同。

## クローズド・サークル 封閉空間

外來語語源為 closed circle，指在某種狀況下與外界斷絕聯絡的空間中，發生事件的作品。例如被暴風雨壟罩的孤島、大雪的山莊等。通常不限於房間，比密室的範圍更大。

日本
推理小説
奬項

# 日本の推理小説の賞

## 🏆 表揚年度最優秀作品的獎項

### 2 ● 001

#### 日本推理作家協会賞

日本推理作家協会（旧、探偵作家クラブ）が授与する賞。略称「推協賞」。その年発表された推理小説の中で、最も優れていたものに与えられる。「長編及び連作短編集部門」、「短編部門」、「評論その他の部門」の３部門に分けられている。1948 年に「探偵作家クラブ賞」という名称で開始され、1963 年から「日本推理作家協会賞」と名称変更した。

#### 日本推理作家協會獎

日本推理作家協會（前身為偵探作家俱樂部）頒發的獎項，簡稱「推協獎」，會頒發給當年度發行之推理小説中，最優秀的作品。分成「長篇暨系列短篇部」、「短篇部」、「評論及其他部」這三者。1948 年以「偵探作家俱樂部獎」之名成立，自 1963 年起改名為「日本推理作家協會獎」。

### 3 ● 002

#### 本格ミステリ大賞

2001 年より本格ミステリ作家クラブが主催する賞。本格ミステリというジャンルの発展のため、「小説部門」「評論・研究部門」に分けられ、年間の最優秀作品を表彰している。京極夏彦デザインのトロフィーが授与される。

#### 本格推理大獎

2001 年起由本格推理作家俱樂部主辦的獎項。為了發展本格派推理小説，分成「小説部」、「評論暨研究部」，表揚年度最優秀作品。授予得獎者京極夏彦設計的獎杯。

### 4 ● 003

#### 大薮春彦賞

1998 年より大薮春彦賞選考委員会主催、徳間書店後援で開催される賞。略称「大薮賞」。推理小説に限らず、ハードボイルド小説、冒険小説に分類される小説に与えられる。賞金 500 万円が授与される。

#### 大藪春彦獎

從 1998 年起由大藪春彦獎選拔委員會主辦、徳間書店贊助所舉辦的獎項，簡稱「大藪獎」。不限於推理小説，也會頒給冷硬派小説、冒險小説。授予得獎者獎金 500 萬日圓。

## 表揚個人

### 5 日本ミステリー文学大賞

1998年より光文文化財団が主催する賞。日本のミステリー文学の発展に著しく寄与した作家及び評論家に贈られる。シエラザード像と賞金300万円が授与される。

005 004

**日本推理文學大獎**

1998年起由光文文化財團主辦的獎項，頒給對日本推理文學發展有卓著貢獻的作家及評論家。授予一座雪赫拉莎德（Scheherazade）雕像及獎金300萬日圓。

## 公開徵文新人獎（長篇）

### 6 江戸川乱歩賞

1954年に江戸川乱歩の寄付を基金として、日本推理作家協会により、探偵小説を奨励するために制定された賞。通称「乱歩賞」。推理作家への登竜門として知られている。江戸川乱歩像と賞金1000万円が授与される。受賞作は講談社から出版される。1992年からはフジテレビにてドラマ化（または映画化）されている。

005

**江戸川亂步獎**

為了獎勵偵探小說，1954年日本推理作家協會以江戸川亂步的捐款作為資金，制定該獎項，俗稱「亂步獎」，以推理作家的跳板而聞名。授予得獎者一座江戸川亂步像及獎金1000萬日圓，得獎作品由講談社出版。1992年開始，得獎作品由富士電視台拍成電視劇（或是電影）。

### 7 横溝正史ミステリ＆ホラー大賞

1981年からKADOKAWA（角川書店）主催で行われていた「横溝正史ミステリ大賞」と「日本ホラー小説大賞」を統合し、ミステリとホラーの2ジャンルを対象として2018年に創設された賞。金田一耕助像と副賞500万円が授与される。

006

**横溝正史推理與恐怖小說大獎**

針對推理小說及恐怖小說兩類，2018年，將1981年起由KADOKAWA（角川書店）主辦的「橫溝正史推理大獎」及「日本恐怖小說大獎」合併所創立之獎項。贈予得獎者一座金田一耕助像和副獎500萬日圓。

### 8 鮎川哲也賞

1990年に始まった東京創元社主催の賞。「創意と情熱溢れる鮮烈な推理長編」を募集する。コナン・ドイル像と印税全額が授与される。受賞作は東京創元社より刊行される。

007

**鮎川哲也獎**

始於1990年，由東京創元社主辦的獎項，募集「充滿創意及熱情，令人印象深刻的長篇推理小說」。贈予得獎者一座柯南・道爾（Conan Doyle）像及全額版稅。得獎作品由東京創元社出版。

### 9 日本ミステリー文学大賞新人賞

1998年に始まった光文文化財団主催の賞。新しい才能と野心にあふれた新人作家の発掘を目的としている。シエラザード像と賞金500万円が授与される。

008

**日本推理文學大獎新人獎**

1998年起由光文文化財團主辦的獎項，目的在於發掘具新才能及充滿野心的新人作家。授予得獎者雪赫拉莎德雕像及獎金500萬日圓。

# 10

● 009

## このミステリーがすごい！大賞

2002 年に宝島社、ＮＥＣ、メモリーテックの 3 社が創設したコンテスト。略称『このミス』大賞。「エンターテイメントを第一義の目的とした広義のミステリー」を募集する。大賞作品には賞金 1200 万円が、優秀賞作品には 200 万円が授与される。

### 這本推理小說了不起！大獎

2002 年由寶島社、NEC、Memory-Tech 三家公司創立的比賽，簡稱「這本推理」大獎，募集「以娛樂作為主要目的的廣義推理小說」。首獎作品會頒發獎金 1200 萬日圓，優秀獎作品則是獎金 200 萬日圓。

# 11

● 010

## ばらのまち福山ミステリー文学新人賞

2008 年から島田荘司の出身地・広島県福山市が主催する賞。略称「福ミス」。最終選考は島田荘司一人が行う。広義のミステリーではなく、本格ミステリーを募集する。トロフィーと印税全額、福山特産品が授与される。

### 薔薇之町福山推理文學新人獎

2008 年起由島田莊司出生地──廣島縣福山市主辦的獎項，簡稱「福推」，最終選拔由島田莊司一人主審。募集的並非廣義推理小說，而是本格派推理小說。授予得獎者一座獎杯、全額版稅以及福山特產。

# 12

● 011

## アガサ・クリスティー賞

早川書房と早川清文学振興財団主催の賞。英国アガサ・クリスティー社の協力のもと、2010 年に創設された。アガサ・クリスティーの伝統を現実に受け継ぎ、発展、進化させる総合的な推理小説を募集する。クリスティーにちなんだ賞牌と賞金 100 万円が授与される。

### 阿嘉莎・克莉絲蒂（Agatha Christie）獎

早川書房與早川清文學振興財團主辦的獎項，在英國阿嘉莎・克莉絲蒂基金會的協助下於 2010 年創立，募集實際承繼、發展並推進阿嘉莎・克莉絲蒂之傳統的綜合型推理小說。授予得獎者一塊與克莉絲蒂有關的獎牌以及獎金 100 萬日圓。

# 13

● 012

## 新潮ミステリー大賞

新潮社主催、東映後援の賞。ストーリー性豊かな、広義のミステリー小説を募集する。東映が優先的に映像化する権利を保有する。かつて開催されていた「日本推理サスペンス大賞」「新潮ミステリー倶楽部賞」「ホラーサスペンス大賞」の 3 賞の後継として 2014 年に制定された賞である。賞金 300 万円が授与される。

### 新潮推理大獎

新潮社主辦、東映贊助的獎項，募集故事性豐富的廣義推理小說。東映保有優先拍成電影的權利。為 2014 年制定的獎項，承襲過去曾舉辦過的三個獎項「日本推理懸疑小說大獎」、「新潮推理俱樂部獎」及「恐怖懸疑小說大獎」。授予得獎者獎金 300 萬日圓。

# 14

● 013

## 松本清張賞

松本清張の業績を記念して 1994 年から開催された日本文学振興会主催、文藝春秋運営の賞。「ジャンルを問わぬ良質の長篇エンターテインメント小説」を募集する。正賞の時計と賞金 500 万円が授与される。

### 松本清張獎

為紀念松本清張的成就，於 1994 年起由日本文學振興會主辦、文藝春秋營運的獎項，募集「不論流派，品質良好的長篇娛樂小說」。頒發正獎鐘錶以及獎金 500 萬日圓。

# 15

● 014

## メフィスト賞

講談社発行の文芸雑誌『メフィスト』が1996年から開催している賞。エンタテインメント作品（ミステリー・ファンタジー・ＳＦ・伝奇など）を募集する。明確な応募期間が設けられていない。シャーロック・ホームズ像が進呈され、印税が賞金となる。作品は講談社から刊行される。

### 梅菲斯特獎

1996年起由講談社發行的文藝雜誌《梅菲斯特》所辦的獎項，募集娛樂性作品（推理、奇幻、科幻、奇談等），沒有明確的招募期限。贈予得獎者一座夏洛克・福爾摩斯（Sherlock Holmes）像和獎金版稅。作品由講談社出版。

## 🏆 公開徵文新人獎（短篇）

# 16

● 015

## 小説推理新人賞

1979年より双葉社が主催する賞。記念品と賞金100万円が授与される。

### 小説推理新人獎

1979年起由雙葉社主辦的獎項。授予得獎者紀念品及獎金100萬日圓。

# 17

● 016

## ミステリーズ！新人賞

1994年より東京創元社によって主催されていた「創元推理短編賞」を2004年に改称した。懐中時計と賞金30万円が授与される。

### Mysteries！新人獎

2004年，將1994年起由東京創元社主辦的「創元推理短篇獎」改名而來。贈予得獎者一塊懷錶及獎金30萬日圓。

# 18

● 017

## 大藪春彦新人賞

大藪春彦賞第20回を記念し、2018年から開催されている賞。冒険小説、ハードボイルド、サスペンス、ミステリーを根底とする短編小説を募集する。賞状と賞金100万円が授与される。

### 大藪春彦新人獎

為紀念第20屆大藪春彦獎，由2018年開始舉辦的獎項，募集以冒險小說、冷硬派小說、懸疑小說、推理小說為基礎的短篇小說。授予得獎者獎狀及獎金100萬日圓。

## 🏆 推理小説排行榜

### 19

018

#### 週刊文春ミステリーベスト 10
しゅうかん ぶんしゅん

1977年開始の文藝春秋発行『週刊文春』年末発売号で発表される、推理小説のランキング。全国のミステリー通、書店員へのアンケートにより決定される。

#### 週刊文春推理小説 BEST 10

從 1977 年開始，在文藝春秋出版的《週刊文春》年末發售號中，會發表推理小說排行榜。由全國的推理小說通、書店店員填寫的問卷調查來決定。

### 20

019

#### このミステリーがすごい！

1988年から別冊宝島で発行されている、ミステリー小説のランキング本。略称「このミス」。投票形式で、国内部門と海外部門よりベストテンが選ばれる。

#### 這本推理小說真厲害！

1988 年起由別冊寶島發行的推理小說排行書，簡稱「這本推理」。分成國內部及海外部，以投票形式選出前十名。

### 21

020

#### 本格ミステリ・ベスト 10
ほんかく

原書房より毎年12月に刊行される、本格推理小説を対象としたランキング本。1997年に東京創元社刊行で始まった。本格ミステリに関する識者に投票を依頼し決定する。

#### 本格推理小說 BEST 10

原書房於每年 12 月發行，是以本格推理小說為對象的排行書，1997 年開始由東京創元社出版。邀請對本格派推理小說有研究的人投票，決定排行榜。

### 22

021

#### ミステリが読みたい！
よ

2007年に早川書房が開始した推理小説のランキング本。作家・評論家・書店員などの識者によるアンケートと一般読者による投票により決定される。

#### 這本推理小說我想讀！

2007 年由早川書房開始出版的推理小說排行書。依照作家、評論家、書店店員等有識之士填寫的問卷，及一般讀者的票選結果來決定排行。

# CASE 2

創造時代的
推理大師

# 23

## 江戸川乱歩。

022

1894 年 10 月 21 日～ 1965 年 7 月 28 日
本名：平井太郎

　「江戸川乱歩」というペンネームはアメリカの作家、エドガー・アラン・ポーの名前の発音に漢字を当てたものである。出身は三重県名賀郡名張町（現・名張市）で、東京の早稲田大学政治経済学部を卒業した。卒業後は貿易会社や古本屋、蕎麦屋などで働いた。また乱歩自身が

実際に探偵として探偵事務所で働いた経歴も持っている。
　1923 年に雑誌『新青年』に掲載された「二銭銅貨」で小説家デビューをした。1936 年から、のちの「少年探偵団」シリーズとなる『怪人二十面相』を雑誌『少年倶楽部』に連載し、

少年読者層の圧倒的支持を受けるようになる。戦争で連載を一時中断するが、終戦後1949年に『青銅の魔人』で「少年探偵団」シリーズを再開し、1950年代からは映画化、テレビドラマ化もされた。

　小説家としての活動以外にも評論家、プロデューサー、探偵小説誌『宝石』の編集長としても活躍し、多くの新人作家を発掘した。海外の推理作家たちとの交流もあり、エラリー・クイーンと文通し、アメリカ探偵作家クラブ（MWA）の会員にもなった。また、日本探偵作家クラブを創立し、同クラブに寄付した私財100万円の使途として江戸川乱歩賞が制定された。

　1965年7月28日、くも膜下出血のため東京の自宅で70歳で没した。没後、8月1日に推理作家協会葬が行われた。

　乱歩の作風は欧米の探偵小説に強く影響を受け、所謂「本格派」と称されるものであった。短編本格探偵小説（現在の推理小説の意味）を多く書き、日本のミステリー界に大きな影響を与えた。トリックや題材等において欧米の諸作品の影響が諸所に見られるものの、単なる模倣に終わらず乱歩の独創性も活かされている。また、作品には同性愛、男装・女装、人形愛、エロス、グロテスク、猟奇・残虐趣味などの嗜好も見られ、それらは大衆に歓迎された。

　現在は青空文庫（著作権切れの作品をオンライン上で閲覧できる電子図書館）で多くの乱歩の作品を読むことができる。

「江戶川亂步」這個筆名，是取自和美國作家艾德格・愛倫・坡（Edgar Allan Poe）名字發音相同的漢字。出生於三重縣名賀郡名張町（現為名張市），東京早稻田大學政治經濟學群部畢業。畢業後，曾在貿易公司、二手書店和蕎麥店等地方工作過。此外，他自己也有實際在偵探事務所當偵探的經歷。

　1923年在雜誌《新青年》上連載《兩分銅幣》，出道成為小說家。自1936年開始於雜誌《少年俱樂部》上連載《怪人二十面相》，後來成為《少年偵探團》系列，受到少年讀者群壓倒性的支持。曾因戰爭一度中止連載，戰爭結束後，1949年於《青銅魔人》重新連載《少年偵探團》系列，1950年代開始被翻拍成電影和電視劇。

　除了寫小說外，他也是個評論家、製作人以及偵探小說誌《寶石》的總編輯，相當活躍，亦發掘了許多新人作家。他和海外的推理作家也有交流，與艾勒里・昆恩（Ellery Queen）通信，亦是美國偵探作家俱樂部（MWA）的會員。此外，他還創立了日本偵探作家俱樂部，用捐給俱樂部的私人財產100萬日圓設立了江戶川亂步獎。

　1965年7月28日，他因蛛網膜下腔出血，在東京自家過世，享壽70歲。過世後，推理作家協會於8月1日舉行喪禮。

　亂步的作品風格深受歐美偵探小說的影響，也就是所謂的「本格派」。他常寫短篇本格偵探小說（也就是現在的推理小說），對日本的推理小說界有偌大影響。詭計和題材方面，可以看見他有許多地方受到歐美諸多作品的薰陶，但他並不是一味模仿，而是活用了自己的獨創性。此外，在他的作品中也可看見同性戀、男裝、女裝、娃娃癖、情慾、怪奇、獵奇、殘暴等嗜好，這些也受到了大眾的喜愛。

　目前在青空文庫（電子圖書館，可在線上閱覽著作權消滅的作品）可以閱讀許多亂步的作品。

## 獲獎經歷

1961 年　獲紫綬褒章（授予「在學術藝術上的開發、改良、創作方面有顯著功勞者」）

1965 年　過世後，獲勳三等瑞寶章（為表揚而頒發獎項給「長年從事國家、地方公共團體之公務或公共業務，累積了功勞並留下功績的人」）

1965 年　過世後，贈予正五位（日本位階以及神階中的其一）

### 怪人二十面相　怪人二十面相　● 023
（1936 年《少年俱樂部》）

世紀の大怪盗、怪人二十面相が初めて登場する作品。「変装がとびきり上手」で老人にも若者にも、女性にも、まさに変幻自在。「血が嫌い」「現金には興味がなく、美術品や宝石を狙う」「犯行前には必ず予告状を送る」という怪人二十面相。それに対するのが、名探偵、明智小五郎と小林少年率いる少年探偵団である。

実業家の羽柴壮太郎の家に怪人二十面相から「ロマノフ王家に伝わるダイヤモンドを狙う」という予告状が届いていた。ちょうど 10 年以上前に家出をした長男の壮一が外国から帰国し、皆が歓迎している中、怪人二十面相からまたもや「今晩 12 時にダイヤを盗みに行く」と電報が届く。屋敷には厳重な警戒が敷かれた[1]にもかかわらず、怪人二十面相は見事[2]にダイヤを盗み出し、さらに次男の壮二までもが誘拐されてしまった。二十面相は壮二と引き換えに、観世音像を要求する。羽柴は明智小五郎に依頼したが、明智が留守中のため、助手の小林芳雄少年が明智の代わりを務めることになった。小林少年は壮二とダイヤを取り返すことができるのか。そして、明智は怪人二十面相を捕まえることができるのか。

のちに「少年探偵団」シリーズとなる小学生中・高学年向けのミステリー小説であるため、残虐シーンはない。子供向けとはいえ、時代を感じさせないトリックやストーリー展開に引き込まれる。

世紀大盜——怪人二十面相首次登場的作品。他「特別擅長變裝」，有時以老人的樣貌現身，有時是年輕人，有時是女性，簡直變換自如。怪人二十面相「討厭血」、「對錢沒有興趣，專以美術品或寶石為目標」、「犯案前一定會寄出預告信」。與他對抗的是名偵探明智小五郎、和小林少年率領的少年偵探團。

企業家羽柴壯太郎收到了怪人二十面相的預告信，上面寫著：「我看上了羅曼諾夫王朝流傳的寶石。」正好十年多前離家的長男壯一此時從國外回來，大家在慶祝他歸國的時候，又再次收到了怪人二十面相傳來的電報：「今晚 12 點我會去盜取寶石。」即便宅裡已佈下森嚴的戒備，怪人二十面相還是完美地盜走了寶石，甚至連二兒子壯二都被擄走了。二十面相要求以觀世音像交換壯二。羽柴前去委託明智小五郎，但因明智不在家，就改請他的助手小林芳雄少年代替明智的職務。究竟小林少年能不能奪回壯二和寶石？再者，明智能夠將怪人二十面相逮捕到案嗎？

這是後來成為《少年偵探團》系列的推理小說，以小學生中、高年級為對象，沒有殘暴的情節。雖是兒童讀物，卻將人帶進感受不到時代差異的詭計和故事發展之中。

## D坂の殺人事件　D坂殺人事件
（1925年《新青年》）

 024

▲《D坂殺人事件》中文版（獨步文化出版提供）

　明智小五郎が初登場した作品。本格推理小説の代表作と言われる。1998年、2015年に映画化、1992年にドラマ化されている。

　「私」はD坂の中ほどにある喫茶店「白梅軒」というカフェで冷しコーヒー（アイスコーヒー）をすすって[3]いたが、このカフェで知り合った明智小五郎と共に、向かいの古本屋でこの細君が首を絞められて殺されているのを発見する。目撃者の一人は「黒い着物の男を見た」と言い、もう一人は「白い着物だった」と言う。そして「私」は明智が犯人なのではないかと疑い始めるが……

　明智小五郎初次登場的作品，被譽為本格推理小說的代表作。分別在1998年和2015年被翻拍成電影，1992年被翻拍成電視劇。

　「我」在位於D坂中一家名為「白梅軒」的咖啡店啜飲著冰咖啡，與在這家店認識的明智小五郎一同發現對面二手書店的老闆娘在店內被人勒死了。目擊者中有人說「看見了穿著黑和服的男子」，另一人說「是白色的和服」。之後，「我」開始懷疑犯人是不是明智……

## 屋根裏の散歩者　天花板上的散歩者
（1925年《新青年》）

025

　明智小五郎が登場する短編小説。1976年、

1994年、2007年、2016年と4度映画化されている。また、1962年、1970年、1988年、2016年にテレビドラマ化もされている。

　郷田三郎は退屈な日々を過ごしていた。引っ越したばかりの下宿で、偶然に押し入れの天井板がはずれることに気づき、そこから郷田の「屋根裏の散歩」が始まる。毎晩他人の私生活や秘密をのぞき見る[4]のを楽しんでいたが、元々虫の好かない[5]歯科医助手の遠藤という男が節穴の真下で大口を開けて寝ているのを見て、「ここから毒薬をたらしたら遠藤が殺せるのではないか」と殺人を思いつく。

　明智小五郎有登場的短篇小說，分別在1976年、1994年、2007年、2016年4度被翻拍成電影。另外，在1962年、1970年、1988年和2016年也有被翻拍成電視劇。

　郷田三郎過著無聊的每一天。他才剛搬進公寓，就偶然注意到了壁櫥的天花板稍微有些剝落，在那之後，郷田便開始「在天花板上散步」。他每天晚上都以偷看他人的私生活和祕密為樂，在看見他原本不知為何就不太喜歡的男人——牙醫助理遠藤在洞的正下方正張大著嘴睡覺後，突然湧起了殺意：「我要是從這裡滴下毒藥的話，是不是就能夠殺死遠藤了？」

動詞・イ形容詞・ナ形容詞的名詞修飾形＋ものの～
**但卻、但是**

名詞＋向け　**為合適～而製作**

1. 敷く　**佈下**　①鋪平②使其普及、配置。這裡是②的意思。
2. 見事　**完美**　完美而巧妙的樣子。
3. すする　**啜飲**　像吸食般將麵類、飲料等吸進口中。
4. のぞき見る　**偷看**　指偷偷地看他人的祕密等。
5. 虫が好かない　**不知為何就是不太喜歡**　慣用句，指總覺得不喜歡。

# 24

## 横溝正史
（よこ みぞ せい し）

026

1902 年 5 月 24 日～ 1981 年 12 月 28 日
本名：横溝正史（與筆名漢字相同，只有讀音不同）

兵庫県神戸市で生まれ育ち、大阪薬学専門学校（現：大阪大学薬学部）を卒業した。卒業後は実家の薬屋で薬剤師として働いていたが、1926年に江戸川乱歩の招待を受けて上京する。それ以前に1921年に雑誌『新青年』に応募した『恐ろしき四月馬鹿（エイプリル・フール）』が入選しており、これが処女作だと見られる。

戦時中は探偵小説が規制されていたため、時代小説を執筆していたが、戦後は代表作となる長編の推理小説を次々と発表する。1970年代になると、その作品が次々と映像化されたことにより、名探偵「金田一耕助」の名が広く知られるようになる。

横溝は79歳で結腸癌のため、東京で死去し

た。前年の1980年には角川書店が長編推理小説新人賞の「横溝正史ミステリ大賞」を創設し、ミステリー作家を数多く発掘している。東京都世田谷区にあった横溝の書斎は現在山梨県山梨市に移され、「横溝正史館」として一般公開されている。

　趣味は編み物[1]で、長編『女王蜂』では編み物のパターン記号がトリックに使われている。そして、プロ野球の近鉄バファローズとクラシック音楽の大ファンでもあった。また、閉所恐怖症で大の電車嫌いであったという。性格は誰に対しても偉ぶらない温厚な人柄であった。

　映画やドラマでは一見オカルト色が強い作風に見えるが、トリックは横溝が敬愛したジョン・ディクスン・カーの影響による論理的な本格推理小説が多い。横溝自身薬剤師であったことから、作品では毒殺の比率は高いものの、理化学的トリックは意外に少ない。

　横溝在兵庫縣神戸市出生成長，畢業於大阪藥學專門學校（今大阪大學藥學部）。畢業後在老家的藥局當藥劑師，1926年接受江戶川亂步的邀請前往東京。在那之前，他曾於1921年投稿《可怕的愚人節（暫譯）》到雜誌《新青年》榮獲入選，被視為是他的處女作。

　由於戰爭時期偵探小說受到政府限制，他只好寫時代小說，直到戰後才相繼發表他的代表作——長篇推理小說。1970年代，他的作品接連被翻拍成影像作品，名偵探「金田一耕助」之名開始廣為人知。

　横溝79歲時因結腸癌於東京辭世。他過世的前一年，也就是1980年，角川書店創立了長篇推理小說新人獎「橫溝正史推理大獎」，發掘許多未來的推理小說作家。橫溝的書齋原來在東京都世田谷區，現在搬到了山梨縣山梨市，作為「橫溝正史館」向一般民眾公開展示。

　興趣是編織，在長篇小說《女王蜂》中，他將編織的織圖記號使用在詭計上。他也是職業棒球近鐵猛牛隊和古典音樂的狂熱粉絲。此外，他有幽閉恐懼症，非常討厭搭乘大型電車。性格方面，他對任何人都不驕傲自大，為人溫和敦厚。

　在電影和電視劇中，他的創作風格乍看之下有濃烈的超自然色彩，但在詭計方面，橫溝深深受到了他敬愛的約翰·狄克森·卡爾（John Dickson Carr）影響，寫了不少理論性本格推理小說。由於橫溝自己就是藥劑師，在作品中採用毒殺的比例較高，但物理化學類的詭計則出乎意料地少。

## 《 獲獎經歷 》

| 1948 年 | 本陣殺人事件（本陣殺人事件）　獲第 1 屆日本偵探作家俱樂部獎（後來的日本作家協會獎）長篇獎 |
| 1976 年 | 獲勳三等瑞寶章 |

## 八つ墓村　八墓村 ● 027
（1949 年《新青年》／ 1950 年《寶石》）

▲《八墓村》中文版（獨步文化出版提供）

「金田一耕助」シリーズ長編第 4 作。岡山県で実際に起きた大量殺人事件（津山事件）をモデル[2] にした、と言われている。1951 年、1977 年、1996 年に映画化されており、1977 年版ではテレビコマーシャル[3] などの影響で、台詞の「祟りじゃ～～！」が流行語になった。また、1969 年、1971 年、1978 年、1991 年、1995 年、2004 年にテレビドラマ化もされている。

戦国時代に 8 人の落武者を皆殺しにし、祟りを恐れた村人がその遺体を葬ったことから、村は「八つ墓村」と呼ばれるようになる。年月を経てから、その落武者殺しの首謀者であった田治見庄左衛門の子孫である要蔵も気が狂い、日本刀と猟銃で 32 人の村人を惨殺し、山へ消える。資産家の田治見家には要蔵の子供の久弥と春代、二人のいとこにあたる里村慎太郎と典子がいたが、もう一人腹違いの寺田辰弥という息子がいた。そして、彼が八つ墓村に戻ってから恐ろしい連続殺人が起きる。これは本当に八つ墓村の祟りのせいなのか。それとも……。

「金田一耕助」系列長篇第 4 作。據說是以岡山縣實際發生的大屠殺事件（津山事件）為原型。分別在 1951 年、1977 年、1996 年拍成電影。1977 年的版本受到電視廣告等影響，台詞「這是惡靈在作

祟～～！」成為當時的流行語。此外，這部作品在 1969 年、1971 年、1978 年、1991 年、1995 年和 2004 年也被拍成電視劇。

戰國時期，村民將八名敗戰的武者殺光，因害怕會有惡靈作祟，故將這些遺體埋葬，此後這座村就被稱為「八墓村」。許多年過去，當初帶頭殺死那些敗戰武者的主謀──田治見庄左衛門，他的後代子孫要藏突然發瘋，用日本刀和獵槍虐殺 32 名村人，接著便消失在山中。田治見家是資產家，家中有要藏的兩個孩子久彌和春代、兩人的堂兄妹里村慎太郎和典子、還有要藏與其他女人生的兒子寺田辰彌。在寺田回到八墓村後，又發生了可怕的連續殺人案。這真的是因為八墓村的惡靈在作祟嗎？還是……

## 犬神家の一族　犬神家一族 ● 028
（1950 年《KING》）

▲《犬神家一族》中文版（獨步文化出版提供）

「金田一耕助」シリーズ長編第 5 作。1954 年、1976 年、2006 年に映画化、1970 年、1977 年、1990 年、1994 年、2004 年にテレビドラマ化されている。1976 年版の映画における「波立つ水面から突き出た足」と不気味[4] な白いゴムマスク姿の佐清があまりにも有名なため、何度もパロディにされている。

信州財界の大物、犬神佐兵衛が莫大な財産を残して他界した。佐兵衛には正妻はおらず、母親の違う三人の娘、松子、竹子、梅子がいた。娘たちにはそれぞれ婿養子である夫と息子の佐清、佐武、佐智がいた。戦地で顔に大けが

を負ったためゴムマスクをかぶっている佐清が帰ってくると、佐兵衛の遺言状が公開されるが、その内容は「犬神家の家宝、"斧・琴・菊"の三つを佐兵衛の恩人である野々宮の孫娘珠世が佐清・佐武・佐智の孫息子の中から一人を配偶者に選ぶことを条件に、珠世に相続させる」というものだった。さらに、「珠世が死んだ場合、財産の5分の1ずつを孫息子たちに、残り5分の2を佐兵衛の愛人、青沼菊乃の息子、青沼静馬に与える」とあり、それを聞いた娘たちは激怒し、骨肉の争いが起こる。ところがその後、佐清が「菊」に、佐武が「琴」に、佐智が「斧」に見立てられ5殺されてしまう。誰が殺したのか、そして遺産は誰の手に渡るのか。

名詞／イ形容詞 - い／ナ形容詞＋ぶる　擺出〜的樣子（通常用在負面的意思上）

動詞・形容詞・名詞的名詞修飾形＋せいだ　的緣故因〜導致不好的結果

1. 編み物　編織　指用毛線或蕾絲編織毛衣等衣服或裝飾品。

2. モデル　原型　成為小說或戲曲等題材的真實人物或事件。

3. コマーシャル　廣告　在電視、廣播節目的前後或中途播放的廣告、宣傳。

4. 不気味　令人毛骨悚然　意指不知為何覺得很恐怖、不舒服。

5. 見立てる　附會　原意為比擬，將別的事物看作是該事物。在推理小說中，是附會的意思，刻意牽強解釋，使兩者意義相符。

「金田一耕助」系列的長篇第 5 作。分別在 1954 年、1976 年、2006 年拍成電影，1970 年、1977 年、1990 年、1994 年、2004 年拍成電視劇。在 1976 年版本的電影中，「在波紋起伏的水面上突出的雙腳」以及戴著那毛骨悚然、白色橡皮面具的佐清最有名，因此多次被惡搞模仿。

信州金融界的大人物──犬神佐兵衛去世後留下了龐大遺產。他沒有正妻，只有三名母親分別是不同人的女兒：松子、竹子、梅子。女兒們都有一位入贅到他們家作為婿養子的丈夫，且各生了一個兒子：佐清、佐武、佐智。佐清在戰場上臉部受到嚴重傷害，故戴著橡皮面具回家，他一到家佐兵衛的遺囑就公開了，內容寫著「犬神家的三個傳家之寶『斧』、『琴』、『菊』，將由佐兵衛的恩人──野野宮的孫女珠世繼承，條件是珠世必須從其孫佐清、佐武、佐智中選擇一人作為配偶」，後面還加了「如果珠世已死，則將財產分給三個孫子們各 5 分之 1，剩下的 5 分之 2 分給佐兵衛的愛人──青沼菊乃的兒子青沼靜馬」這樣的內容。女兒們聽到遺囑勃然大怒，引發了骨肉間的財產鬥爭。沒想到在那之後，佐清、佐武和佐智分別被附會成「菊」、「琴」和「斧」慘遭殺害。究竟是誰下的毒手，而遺產又會落入誰的手中？

# 25

# 松本清張
まつもとせいちょう

1909 年 12 月 21 日／2 月 12 日〜 1992 年 8 月 4 日
本名：松本清張（まつもときよはる）（與筆名漢字相同，只有讀音不同）

公式には福岡県企救郡（現在の北九州市小倉北区）生まれとされているが、実際は広島県広島市で生まれたと推定される。

　経済的理由から高等小学校卒業後、川北電気企業社（現、パナソニック・エコシステムズの源流）に給仕として就職し、雑用や配達の仕事をしていた。15、6歳のときには芥川龍之介や森鴎外等の文学作品や江戸川乱歩の探偵小説を愛読した。その後、印刷所で働き、戦時中は召集されるが、戦後また印刷所で働きながら小説を書き始める。処女作『西郷札』は雑誌『週刊朝日』の「百万人の小説」三等に入選し、直木

賞候補にもなる。44歳のときに朝日新聞東京本社勤務となり上京、3年後に退社し、本格的な作家活動を始める。1977年には世界的推理小説家エラリー・クイーンのフレデリック・ダネイと対談したほか、プロダクションを設立するなど多方面で活躍した。また、直木賞選考委員、日本推理作家協会会長も務めた。82歳で肝臓がんのため死去。没後、1994年に日本文学振興会が「松本清張賞」を制定し、1998年には北九州市立松本清張記念館が開館した。

プライベートの趣味はパチンコとカメラで、ヘビースモーカーでもあったらしい。酒は全く飲めず、コーヒーを好んでいた[1]。

清張の作品は、推理小説、現代小説、歴史・時代小説、近現代史、古代史と様々なジャンルに渡っている。初期は『黒い画集』のような連作での短編小説が多く、その後は長編小説が主体となったが、最後まで短編創作は続けられた。

一般的には清張は「社会派推理小説」の第一人者と言われているが、清張自身は「社会派」と称されることを好まなかったようである。

官方資料顯示出生於福岡縣企救郡（今北九州市小倉北區），但推測實際上應出生於廣島縣廣島市。

由於經濟因素，從高等小學校畢業後就進入川北電器企業社（現在的松下環境系統公司起源）做雜工，負責處理雜事和送貨。15、6歲時喜歡閱讀芥川龍之介、森鷗外等人的文學作品，以及江戶川亂步的偵探小說。後來他到印刷廠上班，戰爭時被徵召入伍，戰後回到印刷廠邊工作邊開始寫小說。處女作《西鄉紙幣》入選雜誌《週刊朝日》的「百萬人的小說」三等獎，也入圍直木獎。44歲時到了東京，在朝日新聞東京總公司工作，3年後離開公司，開始正式以作家身分活動。1977年與世界聞名的推理小說家艾勒里·昆恩（由表兄弟兩人組成）的佛德列克·丹奈（Frederic Dannay）對談外，並設立事務所，在各領域活躍著。另外，也擔任直木獎選考委員、日本推理作家協會會長等。82歲時因肝癌病逝，死後，1994年日本文學振興會制定了「松本清張獎」，1998年北九州市立松本清張紀念館開館。

私底下的興趣是柏青哥和攝影，據說他也是個老煙槍。完全不飲酒，熱愛喝咖啡。

清張的作品橫跨了許多類型，有推理小說、現代小說、歷史與時代小說、近現代史、古代史等。初期作品大多如《黑色畫集》這類系列短篇小說，之後以長篇小說為主，但仍持續短篇創作到最後。

普遍認為清張是「社會派推理小說」的第一人，但據說他自己並不喜歡被稱之為「社會派」。

## 獲獎經歷

1953 年　或る『小倉日記』伝（某「小倉日記」傳）　獲第 28 屆芥川獎

1957 年　顔（臉）　獲第 10 屆日本偵探作家俱樂部獎（今日本推理作家協會獎）

1959 年　小説帝銀事件（小説帝銀事件）　獲第 16 屆文藝春秋讀者獎

1961 年　獲前年度高額納稅者名單中作家部門第一名，之後連拿了 13 次第一名

1971 年　留守宅の事件（不在家事件）　獲第 3 屆小説現代黃金讀者獎

1976 年　獲每日新聞社全國讀書輿論調查「喜歡的作者」第一名

1978 年　獲 NHK 放送文化獎

## 点と線　點與線　●030
（1958年光文社／KAPPA NOVELS／新潮文庫／文春文庫）

▲《點與線》中文版（獨步文化出版提供）

松本清張ブームを巻き起こした[2]長編作品。1958年に映画化、2007年に主演ビートたけしでテレビドラマ化されている。

佐山憲一と料亭「小雪」の女中、お時が福岡県香椎の海岸で死体となって発見される。ありふれた[3]心中だと思われたが、福岡署のベテラン刑事、鳥飼重太郎は佐山が持っていた「お一人様」と書かれた列車食堂の伝票から、何か裏があるのではないかと思い、一人捜査を始める。また、死んだ佐山は産業建設省の汚職疑惑が持たれていた。この事件を追っていた東京本庁の三原紀一刑事が福岡に送られ、鳥飼と出会う。佐山とお時の心中を裏付けるかのように、機械工具商を経営する安田辰郎と「小雪」の女中二人によって東京駅の15番ホームを二人が歩いているのが目撃されていた。ところが、安田たちがいた13番ホームから15番ホームが見えるのは1日でわずか4分だけであることがわかる。これは単なる[4]偶然ではなく、安田が意図的に仕組んだアリバイではないのか、と考えた鳥飼と三原は安田を容疑者として追い始める。

掀起松本清張熱潮的長篇作品。1958年拍成電影，2007年拍成電視劇，由北野武主演。

佐山憲一和料亭「小雪」的女侍阿時，兩人的屍體在福岡縣香椎海岸被人發現。大家都認為這是一件不足為奇的殉情事件，但福岡署的資深刑警鳥飼重太郎卻認為，佐山身上的車內食堂收據上寫著「一位」，背後是不是有什麼含意，因此一個人展開搜查。此外，死者佐山在產業建設省有貪污嫌疑，追查這起案件的東京本廳刑警三原紀一被派到了福岡，與鳥飼相遇。彷彿要證實這是一樁殉情案般，經營機械工具商的安田辰郎與「小雪」的兩名女侍都說，看到佐山和阿時走在東京車站的15號月台上。然而，從安田他們所站的13號月台要看到15號月台，一天之中也只有4分鐘。鳥飼和三原懷疑這並非單純的巧合，而是安田刻意安排的不在場證明，於是開始將安田視為嫌疑人進行追查。

## 砂の器　砂之器　●031
（1961年 KAPPA NOVELS／新潮文庫）

▲《砂之器》中文版（獨步文化出版提供）

1974年に映画化、1962年、1977年、1991年、2004年にテレビドラマ化されている。

国鉄蒲田操車場構内で頭を殴打された初老の男性の死体が発見される。前日の深夜、被害者と若い男がバーで話し込んでいたという証言があった。そして被害者は東北方言で話し、しきりに[5]「カメダ」という言葉を口にしていたことがわかる。警視庁捜査一課のベテラン刑事、今西栄太郎は「カメダ」というのは秋田の「羽後亀田」のことではないかと思い、秋田へ出向くが何も得られない。その後、被害者は岡山県

の三木謙一であることが判明する。岡山出身者が東北弁をしゃべるとは考えにくく、今西は困惑するが、島根県出雲地方は東北弁に似た方言を使うこと、また出雲に「亀嵩」という地名があることを突き止める。亀嵩では被害者が善人であったことしかわからないが、苦心の捜査を続けた末、犯人の過去が浮かび上がる。ちょうどそのとき、世間では若手文化人集団「ヌーボー・グループ」の一人で、天才的な音楽家、和賀英良が話題になっていた。

1974 年拍成電影，1962 年、1977 年、1991 年、2004 年拍成電視劇。

在國有鐵道蒲田站的調車場內，發現了一具中年男子的屍體，遭人毆打頭部身亡。有證言指出，在前一天深夜，被害人和一名年輕男子在酒吧聊得很起勁。被害人說著東北方言，並多次提及詞彙「kameda」。警視廳搜查一課的資深刑警今西榮太郎猜想「kamda」會不會是秋田的「羽後龜田（ugokameda）」之意，但前往秋田後卻一無所獲。在那之後被害人身分確定了，是岡山縣人，名為三木謙一。今西很困惑，很難想像岡山出身的人會講東北腔。後來他查出島根縣出雲地區使用的方言和東北腔相似，且在出雲有一個叫做「龜嵩（kamedake）」的地方。然而在龜嵩，他只得到被害人是個老實人的情報。煞費苦心不斷搜查的結果，犯人的過去終於水落石出。就在此時，青年文化人集團「新式團體」中的一名團員——天才音樂家和賀英良成了熱門話題人物。

名詞＋に渡る　涉及廣闊的領域

動詞・イ形容詞普通形／ナ形容詞・名詞（－である）＋かのように　雖然實際上並非如此，但有如〜一般

動詞タ形／名詞＋の＋末　長時間〜之後

1. 好む　熱愛　喜歡。
2. 巻き起こす　掀起　指因某個契機而引發某種狀態。
3. ありふれる　不足為奇　指到哪裡都有、很普通、一點都不稀奇。通常以「ありふれた〜」「ありふれている」的形態來使用。
4. 単なる〜　單純的〜　連體詞。僅僅只是〜
5. しきりに　多次　不斷地、好幾次。

# 26

## 西村京太郎
にし　むら　きょう　た　ろう

1930 年 9 月 6 日〜
本名：矢島喜八郎
やじまきはちろう

● 032

東京都品川区出身で、東京府立電気工業学校
とうきょうとしながわくしゅっしん　　　とうきょうふりつでんきこうぎょうがっこう
（現、東京都立産業技術高等専門学校）を卒業
げん　とうきょうとりつさんぎょうぎじゅつこうとうせんもんがっこう　　　そつぎょう
し、臨時人事委員会（現、人事院）に就職する。
りんじじんじいいんかい　げん　じんじいん　　しゅうしょく
11 年間の勤務後退職し、トラック運転手、私
ねんかん　きんむごたいしょく　　　　　　うんてんしゅ　し
立探偵などを経て作家になった。
りつたんてい　　へ　さっか

　トラベル・ミステリーの第一人者で、鉄道な
だいいちにんしゃ　てつどう
どを使ったトリックやアリバイ工作はリアリテ
つか　こうさく

ィーがあり、根強い［1］人気がある。「十津川警
ねづよ　にんき　とつがわけい
部シリーズ」「佐々木刑事シリーズ」「探偵左
ぶ　　　　さきけいじ　　たんていさ
文字進」等が有名で、テレビドラマシリーズに
もんじすすむ　など　ゆうめい
もなっている。著作は 550 冊、単行本累計発行
ちょさく　さつ　たんこうぼんるいけいはっこう
部数では 2 億冊を超えており、これを達成して
ぶすう　おくさつ　こ　　　　たっせい
いるのは日本では西村と赤川次郎の二人だけで
にほん　にしむら　あかがわじろう　ふたり
ある。また、多くのミステリー系文学賞の選考
おお　けいぶんがくしょう　せんこう

委員を歴任している。

　西村が病気を患い、神奈川県湯河原に移住したのを機に、湯河原に「西村京太郎記念館」がオープンした。中には鉄道模型が走っており、その周りで殺人事件が起こっている様子がジオラマで表現されている。

　趣味は将棋で、『十津川警部　千曲川に犯人を追う』には将棋棋士も登場する。山村美紗とは家族ぐるみの交流があり、山村の娘である女優の山村紅葉は西村原作のドラマに数多く出演している。

　初期は社会派推理小説を多く発表していたが、じきに『D機関情報』のようなスパイ小説、『殺しの双曲線』のようなクローズド・サークル、「名探偵シリーズ」のようなパロディ小説など多彩な作品を書くようになる。1978年に『寝台特急殺人事件』を発表し、そこからトラベル・ミステリーに移行した。

　西村の書く文章は読点が非常に多いことで知られているが、その理由については明かされていない。

　東京都品川區出身，東京府立電氣工業學校（今東京都立產業技術高等專門學校）畢業後，在臨時人事委員會（今人事院）就職。工作了11年後辭職，當過卡車司機、私家偵探等，之後成為作家。

　旅情推理小說的第一人，使用鐵道等設計的詭計和不在場證明都很有真實感，具有屹立不搖的人氣。「十津川警部系列」、「佐佐木刑警系列」、「偵探左文字進」等都很有名，也被拍成電視劇系列作品。著作550本、單行本累計發行量超過2億本，在日本達到這個成績的，只有西村和赤川次郎兩人。另外，他也擔任許多推理類文學獎的選考委員。

　西村因生病而搬到神奈川縣湯河原居住，以此為契機，在湯河原開設了「西村京太郎紀念館」。館內有鐵道模型在運作，並以立體透視模型展示出鐵道附近發生殺人案的景象。

　興趣是將棋，在《十津川警部　千曲川追捕犯人（暫譯）》中有職業將棋棋手登場。和山村美紗兩家人之間有來往，山村的女兒——女演員山村紅葉曾多次出演西村原著的電視劇。

　初期發表的大多是社會派推理小說，不久後也開始寫像是《D機關情報（暫譯）》這類的諜報小說、《殺人雙曲線》這類封閉空間推理小說、「名偵探系列」這類惡搞小說等多樣化的作品。1978年發表了《臥鋪特快車謀殺案》，之後轉型成旅情推理派。

　西村寫文章以逗點特別多聞名，但原因不明。

# 獲獎經歷

1963 年　歪んだ朝（歪斜的早晨）　獲第 2 屆 ALL 讀物推理小說新人獎

1964 年　宇宙艇 307（宇宙艇 307 號，暫譯）　獲第 3 屆 SF 競賽努力獎（西崎恭名義）

1965 年　天使の傷痕（天使的傷痕）　獲第 11 屆江戶川亂步獎

1967 年　太陽と砂（太陽與砂，暫譯）　獲「二十一世紀的日本」作品募集（創作部）最優秀獎

1981 年　終着駅殺人事件（終點站殺人事件）　獲第 34 屆日本推理作家協會獎（長篇部）

1994 年　被表揚為第 1 屆「鐵道之日」鐵道關係功勞者大臣

1997 年　獲第 6 屆日本文藝家俱樂部大獎特別獎

2005 年　獲第 8 屆日本推理文學大獎

2005 年　被贈予湯河原町名譽町民第 1 號的稱號

2010 年　獲第 45 屆長谷川伸獎

## 寝台特急殺人事件　臥鋪特快車謀殺案
（1978 年光文社）　 033

トラベル・ミステリー第一作。十津川警部シリーズの長編作品。1979 年と 2009 年にテレビドラマ化されている。西村は綾辻行人との対談で、本作を自選ベスト 5 に選出している。

週刊『エポック』の記者、青木康二は東京駅 16 時 45 分発西鹿児島行き寝台特急「はやぶさ」1 号車個室寝台 7 号室に乗り込んだ。車内通路で気になる女を見かけ、シャッターを押す。食堂車でその女と合席[2]になるが、一人の男が食堂車に入ってくると、女は顔を強張らせ席を立ってしまう。その男は弁護士をしている高田悠一だと名乗り、青木と合席で食事をする。食事の後、カメラを忘れたことに気づいた青木は食堂車に引き返す[3]が、カメラからはフィルムが抜き取られていた。慌てて高田を問いただすが、高田は知らないと否定する。その後自分の個室でウイスキーを飲んで眠ってしまった青木が目を覚ますと、隣の個室にいたはずの女も高田も別人に変わっており、東京駅を 18 時に出発した「富士」に乗せられていることがわかる。とりあえず車掌室に向かった青木は何者かに頭を強く殴られ意識を失う。そして多摩川では女の溺死体が発見される。

現在は廃止されたブルートレイン「はやぶさ」と「富士」等、鉄道好きにはたまらない作品である。

旅情推理的第一部作品，十津川警部系列的長篇作品，分別在 1979 年和 2009 年拍成電視劇。在和綾辻行人的對談中，西村選了本作品為自己作品中的 BEST 5。

週刊《新時代》的記者青木康二搭上下午 4 點 45 分從東京車站出發、前往西鹿兒島的臥鋪特快「隼號」，位子在 1 號車的個人臥鋪 7 號室。他在通道上看見了中意的女人，於是按下快門。他在餐車和那個女人併桌，但有一名男子進入了餐車後，女人突然板起臉並離席。那名男子是一位律師，名為高田悠一，和青木併桌一起用餐。吃完飯離開後，青木想起自己忘了相機，於是折回餐車，結果發現相機裡的膠捲被人拿走了。青木慌張地質問高田，但高田說沒看到那條膠捲。後來青木回到自己的房間喝著威士忌入眠，醒來後發現，本應該在隔壁房間的女人和高田都變成了別人，搭乘的列車也換成了傍晚 6 點從東京車站出發的「富士號」。青木本想先去車掌室詢問，卻不曉得被誰狠狠毆打了頭部，失去意識。之後，那名女子被人發現溺死在多摩川。

此作中出現了已停駛的藍色列車隼號和富士號等，是鐵道迷無法抗拒的作品。

## 終着駅殺人事件　終點站殺人事件
（1980 年光文社）　 034

▲《終點站殺人事件》中文版（新雨出版社提供）

十津川警部シリーズ。1981 年に日本推理作家協会賞を受賞している。推理漫画『名探偵コナン』の作者である青山剛昌は本作をお勧めの作品として選んでいる。1981 年、2001 年、2013 年にテレビドラマ化された。

青森県 F 高校を卒業した宮本孝、片岡清之、川島史郎、安田章、村上陽子、橋口まゆみ、町田隆夫の 7 人は、宮本の呼びかけで 7 年ぶりに上野駅に集まり、寝台特急「ゆうづる」7 号に乗り、2 泊 3 日で帰郷することにした。ところが、発車時刻になっても安田が現れず、仕方な

く6人は列車に乗り込む。警視庁捜査一課の亀井刑事は上野駅のトイレで刺殺体が発見される事件に遭遇するが、その死体が安田であった。寝台列車の中では川島の姿が見えないことに気がつくが、その後、鬼怒川で川島が水死体となっているのが発見される。一人、また一人と殺され、最後には二人だけになってしまう。犯人はどちらなのか。7年前の悲劇が暴かれた[4]ときに、全てが明らかになる。

十津川警部系列。1981年獲日本推理作家協會獎，推理漫畫《名偵探柯南》的作者青山剛昌選了本作為推薦作品。分別在1981年、2001年和2013年拍成電視劇。

從青森縣F高中畢業的宮本孝、片岡清之、川島史郎、安田章、村上陽子、橋口真由美、町田隆夫七個人，在宮本的號召下睽違7年於上野車站會合，搭乘臥鋪特急「夕鶴號」7號列車，打算返鄉三天兩夜。然而到了發車時間，安田卻遲遲沒有出現，6人只好上車。警視廳搜查一課的龜井刑警，正好接到上野車站廁所發現遭刺殺遺體的事件，而那具屍體就是安田。另一方面，大家察覺在臥鋪列車中找不到川島的身影，之後川島就被發現溺斃在鬼怒川。一個又一個，不斷有人被殺害，最後只剩下兩個人。犯人到底是誰呢？在7年前的悲劇被揭發的同時，所有的真相也隨之水落石出。

## 殺しの双曲線　殺人雙曲線　⏺ 035
（1971年實業之日本社）

アガサ・クリスティの『そして誰もいなくなった』のオマージュ作品で、クローズド・サークルの傑作。フェアを期すために、冒頭で「この推理小説のメイントリックは、双生児であることを利用したものです」とあらかじめ[5]明かしている。トラベル・ミステリー以前の本格ミステリーの作品で、西村も自選ベスト5に選出している。

東京で連続強盗殺人事件が発生した。犯人は一卵性双生児の小柴兄弟のどちらかだとわかるが、顔があまりにも似ているため特定できない。

一方、戸部京子、森口克郎、太地亜矢子、矢部一郎、五十嵐哲也、田島信夫の6人は、雪深い宮城県K町のホテル「観雪荘」に無料で招待される。陸の孤島と化したホテルでは殺人事件が起こり、ボウリング場のピンが一本減っていた……。

向阿嘉莎・克莉絲蒂之著作《一個都不留》致敬的作品，封閉空間推理的傑作。為求公平，開頭先寫明了「這本推理小說的主要詭計是利用雙胞胎設計的」。開始寫旅情推理前的本格作品傑作，也是西村自選的BEST 5之一。

東京發生了連續強盜殺人事件。犯人是同卵雙胞胎──小柴兄弟的其中一人，但因兩人長相太過相似，無法查清究竟是誰。

另一方面，戶部京子、森口克郎、太地亞矢子、矢部一郎、五十嵐哲也和田島信夫，六人被免費招待到位於多雪的宮城縣K町、一家名為「觀雪莊」的飯店。在化為陸地孤島的飯店裡，發生了殺人事件、保齡球場少了一個球瓶……

---

┃ 名詞＋を機に　以～為契機

┃ 名詞＋ぐるみ　包含～全部

1. 根強い　屹立不搖　指根基很穩，毫不動搖。
2. 合席　併桌　在餐廳等處和不認識的人坐同一桌。日文也寫作「相席」。
3. 引き返す　折回去　回到原來的地方。
4. 暴く　揭發　將他人的祕密、缺點或是惡行找出來向所有人公開。
5. あらかじめ　事先　在事情發生前，先做好某件事。

# 27

## 森村誠一
もりむらせいいち

● 036

1933 年 1 月 2 日〜

埼玉県熊谷市出身。高校卒業後、一旦は自動車部品会社に就職するが、その後青山学院大学文学部英米文学科に入学する。卒業後は新大阪ホテル（現、リーガロイヤルホテル）、ホテルニューオータニとホテルで９年間勤務する。

幼少の頃から読書好きで作家になりたいと思っていた。ホテル勤務時代には当時の流行作家が何人かホテルを宿にして執筆をしており、親しくなった作家がフロントマンの森村に原稿を預け編集者に渡すように言われたのを盗み見し、続きを自分なりに書いてみたところ、次第に [1] 「俺のほうがおもしろい」と思うようにな

ったという。そして 32 歳のとき、友人の紹介で、サラリーマンに関するエッセー『サラリーマン悪徳セミナー』を雪代敬太郎というペンネームで出版し、作家デビューする。

その後、ビジネススクールの講師に転職するも、ホテルを舞台にした²本格ミステリー『高層の死角』が乱歩賞を受賞し、推理小説において日本を代表するベストセラー作家となる。

ジャンルは推理小説にとどまらず、歴史・時代小説、ノンフィクションと幅広い作品を発表している。近年は、新しい表現法として、「写真俳句」の創作、普及に力を入れており、公式サイトでも作品を公開している。

代敬太郎這個筆名出版了上班族相關的隨筆《上班族缺德講座》，以作家出道。

之後，他改做商學院的講師，但也寫了以飯店為故事舞台的本格推理小說《高層的死角》，獲得了亂步獎，成為推理小說界中，日本代表性的暢銷作家。

出版的類型不限於推理小說，也發表了歷史時代小說、紀實作品，類型廣泛。近年來致力於推廣新的表現法——「寫真俳句」創作，在官方網站上也有公開此類作品。

埼玉縣熊谷市出身。高中畢業後，曾一度在汽車零件公司工作，之後進入了青山學院大學文學部英美文學科就讀。畢業後於新大阪飯店（今麗嘉皇家酒店）和新大谷飯店就職，在飯店業工作了九年。

自年幼起便喜好讀書，想當一名作家。據說他在飯店工作時，當時有好幾名當紅作家住在那裡寫作，其中一名和他關係好的作家，把原稿交給身為櫃檯人員的森村，託他交給編輯，他偷看了原稿以後，試著以自己的想法寫了後續，漸漸開始覺得「我寫的比較有趣」。32 歲時，在友人的介紹下，他以雪

# 獲獎經歷

| 1969 年 | 高層の死角（高層的死角） | 獲第 15 屆江戶川亂步獎 |
| 1973 年 | 腐食の構造（腐蝕的構造） | 獲第 26 屆日本推理作家協會獎 |
| 1974 年 | 空洞の怨恨（空洞的怨恨，暫譯） | 獲第 10 屆小説現代黃金讀者獎 |
| 1976 年 | 人間の証明（人性的證明） | 獲第 3 屆角川小説獎 |
| 2008 年 | 小説道場（小説道場，暫譯） | 獲第 10 屆加藤郁乎獎 |
| 2011 年 | 悪道（惡道，暫譯） | 獲第 45 屆吉川英治文學獎 |

## 人間の証明　人性的證明　● 037
（1976 年角川書店／講談社文庫）

「棟居刑事シリーズ」の棟居弘一良刑事初登場の長編作品。第 3 回角川小説賞を受賞。『青春の証明』『野生の証明』と本作で「証明三部作」と呼ばれている。1977 年に映画化、1978 年、1993 年、2001 年、2004 年、2017 年にドラマ化している。2011 年には韓国で「ロイヤルファミリー」のタイトルでドラマ化された。映画で用いられた台詞、「母さん、僕のあの帽子、どこに行ったでせうね」という西條八十の詩が有名になった。

　東京のホテルのエレベーター内で、ジョニー・ヘイワードという黒人男性が刺殺された。棟居弘一良刑事はジョニーが古びた西條八十の詩集を持ち、タクシーで「ストウハ」という謎の言葉を発していたことを知る。さらに来日前にニューヨークで「日本のキスミーへ行く」と言っていたことがわかる。棟居は「ストウハ」は「ストローハット（麦藁帽子）」を意味し、「キスミー」は群馬県の霧積温泉のことを指しているのではないかと考える。一方、ホテルでは人気歌手で大物政治家の妻でもある八杉恭子が舞台に立っていた。

　精緻な人間描写に胸を打たれる不朽の名作ミステリー。

「棟居刑警系列」棟居弘一良刑警初次登場的長篇作品，榮獲第 3 屆角川小說獎。本作與《青春的證明》和《野性的證明》三部合稱為《證明三部曲》。1977 年拍成電影，之後分別在 1978 年、1993 年、2001 年、2004 年、2017 年拍成電視劇，2011 年韓國以《Royal Family》之名拍成電視劇。電影中使用了西條八十的詩為台詞：「媽媽，我的那頂帽子怎麼了？」此詩因而出名。

　在東京某飯店的電梯內，有位名叫焦尼・赫瓦德的黑人男子遭人刺殺。棟居弘一良刑警知道焦尼有一本老舊的西條八十詩集，且在計程車內說過「SUTOUHA」這奇怪的詞。他來日本之前，甚至還曾經在紐約說過「我要去日本的 Kiss me」。棟居猜想，「SUTOUHA」指的會不會是「straw hat（麥稈草帽）」，而「Kiss me」可能是指群馬縣的霧積（KIRIZUMI）溫泉。另一方面，大政治家的妻子、同時也是人氣歌手的八杉恭子站上了飯店的舞台。

　對人性的細膩描寫打動人心，一部推理名作的不朽傳奇。

## 終着駅　終點站　● 038
（1989 年 KAPPA NOVELS／集英社文庫／角川文庫）

『駅』『街』『殺人の債権』『山の屍』『霧笛の余韻』『悪の条件』などからなる「牛尾刑事　事件簿シリーズ」の一つ。牛尾正直刑事、通称「モーさん」が事件解決のために全国をかけめぐる。1990 年から「終着駅シリーズ」としてテレビ朝日系 2 時間ドラマが放送されている。

　「成功」を夢見る人々が降り立つ終着駅、新宿。美貌と一枚の名刺のみを頼りに上京した女性、野望を抱く若者、金策に訪れた会社経営者たちをめぐって起こる連続殺人事件に牛尾刑事が挑む。

　由《車站》、《街道》、《殺人的債權》、《山之屍》、《霧笛的餘韻》、《惡之條件》（以上暫譯）等組成的「牛尾刑事事件簿系列」之一。人稱「哞先生」的牛尾正直刑警為了解決案件，跑遍全國。1990 年開始以《終點站系列》之名在朝日電視台播出 2 小時電視劇。

　夢想著成功的人們，在終點站新宿下車。只憑著美貌及一張名片就來到東京的女子、懷抱野心的年輕人、為籌款奔走的公司經營者等人，牛尾刑警將挑戰圍繞著這些人的連續殺人事件。

## 腐蝕の構造　腐蝕的構造　⏺ 039
（1972 年毎日新聞社／講談社文庫、雙葉文庫）

第 26 回日本推理作家協会賞受賞作品。1977年にテレビドラマ化された。社会派ミステリーの傑作長編作品である。

原子力科学者の雨村征男と大企業土器屋産業の御曹司[3]、土器屋貞彦は対照的な性格ながら、高校時代からの友人であった。北アルプス上空で雨村の搭乗した旅客機が航空自衛隊機と衝突し墜落する。乗客の生存は絶望的だったが、なぜか雨村の遺体だけが見つからない。残された妻、久美子は捜査に乗り出し[4]、雨村がウラン濃縮技術の研究成果を発表することを頑な[5]に拒んでいたことを知る。やがて政治家と企業の利益追求のための恐ろしい罠が明らかになる。

第 26 屆日本推理作家協會獎得獎作品，1977年拍成電視劇。是社會派推理長篇的傑作。

核能科學家雨村征男和大企業土器屋產業的富二代土器屋貞彦，兩人性格完全相反，卻是高中時期就認識的朋友。雨村搭乘的客機在飛驒山脈（也稱為北阿爾卑斯）上空和航空自衛隊的戰機相撞後墜機，乘客無望存活，但不知為何只有雨村的遺體沒被找到。遺孀久美子重新開始搜查，發現雨村曾頑固拒絕發表鈾濃縮技術的研究成果。不久，政治家與企業為了追求利益而設計的可怕陷阱，漸漸明朗。

動詞辭書形／イ形容詞ーい／ナ形容詞／名詞＋なりに　適合～的狀態、範圍內

名詞／イ形容詞い＋びる　看起來像～　動詞化的接尾語。例如「古びる」、「大人びる」等。

1. 次第に　漸漸　副詞。表狀態、程度的變化及進行。逐漸。
2. ～を舞台にする　以～為故事舞台　將～作為小說、戲曲等的背景、場面設定。
3. 御曹司　富二代　名家子弟。
4. 乗り出す　重新開始　重新開始做某件事。
5. 頑な　頑固　指固執不改變自己的想法或態度。

# 28

## 赤川次郎
あかがわじろう

1948 年 2 月 29 日～

本名：與筆名相同

 040

福岡県福岡市で生まれたが、中学生のときに東京へ引っ越す。幼少期は手塚治虫の漫画に影響を受け、中学時代に『シャーロック・ホームズの冒険』を読んでから、自分でも小説を書き始める。高校卒業後、経済的な理由のため、大学進学をせずに、日本機械学会事務局編修課に就職し、論文の校正をしていた。25 歳で結婚し、娘が生まれる。サラリーマンをしながら書いていたシナリオが、テレビ朝日系ドラマのシナリオ募集に初入選し、脚本家デビューする。

その後、28 歳のときに「幽霊列車」でオール讀物推理小説新人賞を受賞し、小説家デビュー

した。2 年後に発表した『三毛猫ホームズの推理』がベストセラー[1]となり、一躍[2]有名作家となった。1996 年度より金沢学院大学文学部客員教授を務めている。

西村京太郎に並ぶ多作で知られ、作品は 580 冊、累計発行部数は 3 億 3000 万部を超えている。

オペラや演劇鑑賞を行い、論評も行っている。

推理小説以外にも、青春ものやホラーなど幅広いジャンルの作品を発表している。文章は会話文が多く読みやすいので、若年層読者にも人気がある。執筆のときは、書くリズムが乱れるのを嫌い、パソコンを使わず原稿用紙にサインペンで手書きをしている。

福岡縣福岡市出生，中學時搬到了東京。年幼時受手塚治虫的漫畫影響，中學時期讀了《福爾摩斯冒險史》後，便也開始寫起小說。高中畢業後，因經濟因素沒有念大學，進入日本機械學會事務局編修課工作，負責校正論文。25 歲結婚、生了女兒。他一邊工作一邊寫的劇本，首次入選了朝日電視台的電視劇劇本招募，以編劇家身分出道。28 歲時以《幽靈列車》榮獲 ALL 讀物推理小說新人獎，出道成為小說家。2 年後發表的《三毛貓推理》十分暢銷，一躍成為著名作家。1996 年開始擔任金澤學院大學文學部客座教授。

以和西村京太郎並駕齊驅的多產而聞名，作品共有 580 部，累計發行超過 3 億 3000 萬本。

他會去鑑賞歌劇和舞台劇等，也寫評論。

除了推理小說外，他也出版青春、恐怖等多種類型的作品。由於他的文章很多對話，容易閱讀，在年輕讀者群中也很受歡迎。他寫作時討厭書寫節奏被打亂，所以不用電腦，直接用簽字筆手寫在稿紙上。

## 獲獎經歷

|  |  |  |
| --- | --- | --- |
| 1976 年 | 幽靈列車（幽靈列車） | 獲第 15 屆 ALL 讀物推理小說新人獎 |
| 1980 年 | 悪妻に捧げるレクイエム（獻給惡妻的安魂曲） | 獲第 7 屆角川小説獎 |
| 2006 年 | | 獲第 9 屆日本推理文學大獎 |
| 2016 年 | 東京零年（東京零年，暫譯） | 獲第 50 屆吉川英治文學獎 |

## 三毛猫ホームズシリーズ　●041
## 三毛貓福爾摩斯系列
（1978 年～ KAPPA NOVELS ／光文社文庫／角川文庫）

シリーズ第一作の『三毛猫ホームズの推理』から 38 作品の長編と多くの短編作品が発表されている。1979 年、1989 年、1996 年、2002 年（主演、モーニング娘。）、2012 年（主演、相葉雅紀）にテレビドラマ化、また、冨田はじめ作画で漫画化もされている大人気作品である。

血が苦手な刑事、片山義太郎と雌の三毛猫「ホームズ」が繰り広げるストーリー。義太郎は女性恐怖症であるにもかかわらず、女性にもてる[3] ことが多い。ホームズは第一作『推理』で飼い主の森崎が殺されたため、片山家で飼われることになった猫で、事件現場では何か重要なことを教えようとするかの如く振る舞い、義太郎たちを推理に導く。

從此系列的第一部作品《三毛貓推理》開始，共發表了 38 部長篇和許多短篇作品，分別在 1979 年、1989 年、1996 年、2002 年（早安少女組主演）、2012 年（相葉雅紀主演）拍成電視劇，除此之外，還由富田初繪製、改編為漫畫，是一部超人氣作品。

怕血的刑警片山義太郎和他的母三毛貓福爾摩斯展開的故事。義太郎明明有恐女症，卻相當受女孩子歡迎。福爾摩斯是一隻貓，在第一作《三毛貓推理》中，因原來的飼主森崎被人殺害，故改由片山家領養。牠在案發現場常做出一些像是要告訴義太郎他們某種重要訊息的舉止，引導他們推理。

## 三姉妹探偵団シリーズ　●042
## 三姉妹偵探團系列
（講談社 Novels ／講談社文庫）

全て長編で 24 作品発表されている。1995 年に『四姉妹物語』として映画化、1986 年、1998 年、2008 年にテレビドラマ化されている。

長女の佐々本綾子は天然ボケでおっとりしている大学生、次女の佐々本夕里子はしっかり者[4] で気が強い高校生、三女の佐々本珠美はちゃっかり者でけちな中学生。タイプの違う三姉妹がそれぞれの個性をいかして活躍するユーモア・ミステリー。

全部都是長篇作品，共出版了 24 部。1995 年以《四姉妹物語》之名拍成電影，之後也分別在 1986 年、1998 年、2008 年拍成電視劇。

長女佐佐本綾子是個天然呆又溫和的大學生，次女佐佐本夕里子則是個可靠又好強的高中生，三女佐佐本珠美是個機靈又小氣的中學生。性格截然不同的三姐妹，活用她們各自的性格大展身手的幽默推理故事。

## セーラー服と機関銃　水手服與機關槍
（1978 年主婦與生活社／角川文庫）
●043

青春ミステリー長編作品。1981 年に薬師丸ひろ子主演で映画化、1982 年に原田知世主演、2006 年には長澤まさみ主演でテレビドラマ化している。第 2 作の『卒業　セーラー服と機関銃・その後』は 2016 年に橋本環奈主演で映画化された。第 3 作の『セーラー服と機関銃 3　疾走』では、主人公星泉の娘の物語を描いている。

高校二年生の星泉は唯一の肉親である父親を事故で亡くす。葬儀を終えて家に戻ると、マユミという女がいた。泉の父親の愛人だったと言い、泉の家に転がり込み同居することになる。一方、戦後から続くヤクザ「目高組」の組長が病死し、遠い血縁に当たる泉の父親を跡継ぎに指名していたことがわかる。泉は目高組の組員

である佐久間真と3人の子分たちに頼まれ、やむを得ず⁵目高組四代目組長となる。ある日、泉の前に黒木という刑事が現れ、「あなたの父親は以前麻薬の運び屋をやっていた。事故ではなく、殺されたのだ。」と告げられる。やがてこの事件の裏には闇の社会を取り仕切る「太っちょ」という人物の存在があると知る。「太っちょ」の正体とはいったい誰なのか……？

　青春推理長篇作品。1981年拍成電影由藥師丸博子主演，1982年拍成電視劇由原田知世主演、2006年電視劇由長澤雅美主演。續集《畢業──水手服與機關槍·從今以後（暫譯）》2016年拍成電影由橋本環奈主演。第三集《水手服與機關槍3　疾走（暫譯）》是描述主角星泉女兒的故事。

　高中二年級的星泉，她唯一的親人父親發生意外過世。葬禮結束後泉回到家，有位名叫真由美的女子突然現身。她自稱是父親的情人，要和泉同居。另一方面，從戰後持續到現在的黑道組織「目高組」的組長病死，他指名要遠親──泉的父親來繼承。泉因為被目高組的組員佐久間真和三名義子懇求，不得已只好當了目高組的第四代組長。有一天，一位名叫黑木的刑警突然出現，並告訴她：「妳父親以前是做麻藥走私的。他的死不是意外，是被人殺的。」不久，她查到這起事件的背後有位掌管黑社會的人存在，名叫「胖子」。這個「胖子」究竟是誰？

> 動詞・イ形容詞普通形／ナ形容詞・名詞＋にもかかわらず　明明～

> 動詞・イ形容詞普通形／ナ形容詞・名詞＋かの如く　像是～

1. ベストセラー　**暢銷書籍**　指在某段期間賣得很好的書籍。
2. 一躍　**一躍**　作為副詞使用。指名聲、地位等瞬間上升。
3. もてる　**受歡迎**　有異性緣。
4. しっかり者　**可靠之人**　想法很穩重，意志堅定、精明的人。
5. やむを得ず　**不得已地**　沒辦法。

# 29

## 東野圭吾
### ひがしの けいご

1958 年 2 月 4 日〜
本名：與筆名相同

● 044

大阪府大阪市出身。大阪府立大学工学部電気工学科卒業後、日本電装株式会社（現、デンソー）にエンジニアとして勤めた。会社勤めの傍ら小説を書き、1983 年に『人形たちの家』を江戸川乱歩賞に応募するも二次予選通過であった。翌年の乱歩賞では『魔球』が最終候補まで

残るも落選し、翌 1985 年に『放課後』で乱歩賞を受賞し小説化デビューする。

幼少期は漫画すら読まないぐらい、ほぼ読書には無縁で、特撮やブルース・リーなどの映画に興味があったという。元々映画監督になりたかったと語っており、自身の作品の映像化に

も寛容である。

初期は『白馬山荘殺人事件』のように、密室や暗号などを用いた、犯人当てに重点を置いた[2]本格派の作品が多かったが、近年は社会派とも言える現実的な設定の推理小説が多い。推理小説以外にも、学園物やサスペンス、パロディなど、幅広いジャンルの作品を書いている。スポーツを題材にした作品も多く、大学で主将を務めたアーチェリー（『放課後』）、剣道（『卒業』）、野球（『魔球』）、スキー（『白銀ジャック』）等の作品がある。

「加賀恭一郎」や「湯川学」などのシリーズキャラクターもいるのはいるが、それぞれのストーリーは独立しているため、順番に読む必要はない。

大阪府大阪市出身，從大阪府立大學工學部電氣工學科畢業後，在日本電裝股份有限公司（今DENSO）當工程師。他邊在公司上班邊寫小說，1983年投稿《人偶之家》至江戶川亂步獎，通過二次預選。隔年以《魔球》在亂步獎中進入最終候選，但依然落選。又隔一年的1985年以《放學後》獲得亂步獎，出道成為小說家。

據說他年少時連漫畫都不看，幾乎和閱讀扯不上關係，只對特攝片和李小龍等電影感興趣。他說自己原本想當電影導演，對改編自己原著的影視作品也抱持開放的態度。

初期作品大部分和《白馬山莊殺人事件》一樣，使用密室和暗號等手法，將重點放在本格派的猜犯人上，近年來則較多可稱之為社會派、設定比較符合現實的推理小說。除了推理小說外，他也寫校園題材、懸疑、惡搞等，類型多樣化。以運動為題材的作品也很多，例如大學時擔任過隊長的射箭（《放學後》）、劍道（《畢業》）、棒球（《魔球》）、滑雪（《劫持白銀》）等作品。

他亦有撰寫如「加賀恭一郎」和「湯川學」等角色系列小說，但每篇都是獨立故事，不需要按照順序閱讀。

# 獲獎經歷

1985年　放課後（放學後）　獲第31屆江戶川亂步獎、週刊文春推理小説 BEST 10 第1名

1999年　秘密（祕密）　獲第52屆日本推理作家協會獎（長篇部）

1999年　白夜行（白夜行）　獲週刊文春推理小説 BEST 10 第1名

2006年　容疑者Xの献身（嫌疑犯X的獻身）　獲第134屆直木三十五獎、第6屆本格推理大獎（小説部）、週刊文春推理小説 BEST 10 第1名、這本推理小說真厲害！第1名、本格推理小說 BEST 10 第1名

2008年　流星の絆（流星之絆）　獲第43屆書店新風獎

2009年　新参者（新參者）　獲週刊文春推理小説 BEST 10 第1名、這本推理小說真厲害！第1名

2012年　ナミヤ雑貨店の奇跡（解憂雜貨店）　獲第7屆中央公論文藝獎

2013年　夢幻花（夢幻花）　獲第26屆柴田錬三郎獎

2014年　祈りの幕が下りる時（當祈禱落幕時）　獲第48屆吉川英治文學獎

## 容疑者Ｘの献身　嫌疑犯Ｘ的獻身
（2005 年文藝春秋／ 2008 年文春文庫）

 045

　　物理学者、湯川学を主人公にした「ガリレオシリーズ」第３弾。一見[3]超常現象とも思われる不可解な事件を科学的に解決していく理系の作者ならではの作品。福山雅治主演のテレビドラマ「ガリレオ」の劇場版として 2008 年に映画化される。2012 年には韓国で、2017 年には中国でも映画化されている。第 134 回直木三十五賞受賞。第 6 回本格ミステリ大賞（小説部門）受賞。

　　2005 年に「本格ミステリ・ベスト 10」で 1 位を獲得するが、推理作家の二階堂黎人が自身のウェブサイトにおいて、「作者が手がかりを意図的に伏せて書いており、本格推理小説の条件を完全には満たしていない」と批判したことで、多くの作家や評論家を巻き込む論争となった。東野本人は「本格であるか否かは読者一人一人が判断すること」としている。

　　旧江戸川で男性の死体が発見される。遺体は富樫慎二だと断定され、元妻の花岡靖子が容疑者として調べられるが、靖子には完璧なアリバイがあった。そこで警察は「ガリレオ」こと湯川学に相談する。靖子の家の隣には数学教師で、偶然湯川の大学の同期でもある石神哲哉が住んでいた。湯川は石神が事件に関わっているのではないかと疑念を抱き始める。

　　以物理學家湯川學為主角的「伽利略系列」第三部作品。將乍看之下以為是靈異現象的不可解案件，利用科學手法一個個解決，是只有理科作者才能寫出來的作品。福山雅治主演的電視劇「破案天才伽利略」，本作作為電影版在 2008 年上映。之後，2012 年在韓國、2017 年在中國也都拍成電影。獲第 134 屆直木三十五獎、第 6 屆本格推理大獎（小說部）。

　　2005 年獲得「本格推理小說 BEST 10」第 1 名，

　　但推理作家二階堂黎人在自己的網站上批判他「作者寫作時有目的性地隱瞞線索，並不完全符合本格推理小說的條件」，之後許多作家和評論家都捲入這場爭論。東野本人表示「符不符合本格推理，就由讀者們各自判斷」。

　　舊江戶川發現了一具男性屍體。經過判定，遺體是富樫慎二，他的前妻花岡靖子被列為嫌疑人接受警方調查，但靖子有完美的不在場證明。於是，警察找「伽利略」湯川學商量。靖子家隔壁住的是位數學老師，且正巧是湯川大學的同期生石神哲哉。湯川開始懷疑石神會不會和這件案子有關。

## どちらかが彼女を殺した　誰殺了她
（1996 年講談社 Novels ／ 1999 年講談社文庫）

 046

▲《誰殺了她》中文版（獨步文化出版提供）

　　「加賀恭一郎」シリーズの第三作。読者に犯人当てを挑む本格ミステリーで、犯人は最後まで読んでも明かされない。文庫化の際、袋とじの解説もついたが、そこでも犯人は明かされていない。同じ手法で書かれた作品で、『私が彼を殺した』がある。

　　ＯＬの和泉園子はある日、路上で絵を売っていた佃潤一と恋に落ちる。しかし園子の親友である弓場佳代子に潤一を紹介してから、潤一に別れを切り出される[4]。それから数日後、園子が遺体となって発見される。園子の兄、康正は確信する。「潤一か佳代子か、どちらかが彼女を殺した。」

「加賀恭一郎」系列的第三部作品，讓讀者挑戰猜犯人的本格推理。即使讀到最後，也不會得知犯人是誰。文庫本出版時附有封起來的解說別冊，但其中也沒有明寫出犯人是誰。在《我殺了他》亦使用了同樣的創作手法。

有一天，上班族和泉園子和在路邊賣畫的佃潤一相戀。然而，園子把對方介紹給自己的好朋友弓場佳代子以後，潤一便直接提出了分手。之後過了幾天，園子的遺體被人發現。園子的哥哥康正十分確信地說「是潤一或佳代子其中一人殺了她」。

---

# ナミヤ雑貨店の奇跡　解憂雜貨店
（2012 年角川書店／ 2014 年角川文庫）

 047

長編ファンタジー・ミステリー。2012 年に第 7 回中央公論文芸賞を受賞。2017 年に日本と中国で映画化された。中国版では三人の少年ではなく、二人の少年と一人の少女になっている。

盗みを働いた⁵三人の少年、敦也、翔太、幸平はある廃屋に逃げ込んだ。そこはかつて雑貨屋を営んでいた「ナミヤ雑貨店」という店だった。夜が明けるまで待っていると、突然シャッターの郵便口から一通の手紙が投げ込まれる。手紙には悩み事が書かれており、ナミヤ雑貨店は以前悩み相談に回答をくれる店として有名であったことを知る。そこで三人はその手紙に返事を書いて裏の牛乳箱に入れるが、その手紙はすぐになくなり、また同じ人物から返事が届くのだった。

長篇幻想推理小說，2012 年獲第 7 屆中央公論文藝獎。2017 年在日本和中國被拍成電影，中國版和原著不同，把原來的三位少年改成二位少年和一位少女。

從事盜竊的三位少年敦也、翔太和幸平逃進了一間廢屋中。那間屋子以前是用來經營雜貨店的，店名

是「浪矢雜貨店」。他們在那屋子裡等待天亮時，突然有人從鐵捲門的信箱口投入了一封信。信件裡寫著來信人的煩惱，他們便得知浪矢雜貨店從前是以商量煩惱、解決問題而聞名的店。於是三個人寫了回信，把信放入房屋後面的牛奶箱中，那封信很快就消失了，後來，他們又收到同一個人給他們的回信。

---

名詞＋の／動詞辭書形＋傍ら　**一邊做～一邊～**　做～的閒暇時間，做～

名詞＋ならでは　**因為～有他特有的獨特性質才可以做到**，其他人要實現則很困難。多使用在正面之處。

1. ほぼ　**幾乎**　副詞。大致、多半。
2. 重点を置く　**重點放在**　在某個特定的點上特別傾注心力。
3. 一見　**乍看之下**　「一見すると」的省略語。作為副詞來使用。稍微看了一眼之後。
4. 切り出す　**直接提出**　直接開始談正題或煩惱。
5. 盗みを働く　**盜竊**　指當小偷。這裡的「働く」是指做壞事的意思。

# 30

## 宮部みゆき
<ruby>宮<rt>みや</rt></ruby><ruby>部<rt>べ</rt></ruby>

宮部美幸

● 048

1960 年 12 月 23 日〜

東京都江東区出身。東京都立墨田川高等学校を卒業し、2 年間 OL をした後、法律事務所で 5 年間タイピストとして働く。1984 年から 1 年半小説教室に通い、1987 年に短編小説「我らが隣人の犯罪」でデビューした。時間的に自由がきく東京ガス集金課に 2 年間勤務しながら

小説を書いていたが、1989 年に『パーフェクト・ブルー』が出版され、専業作家となった。現在、日本推理作家協会、日本 S F 作家クラブ会員であり、多くの文学賞選考委員も務めている[1]。

宮部は幼少の頃から読書や落語、講談などが

好きであった。現在は無類の[2]ゲーム好きで、きっかけは宮部の体調が悪いときに、綾辻行人からゲームを勧められたことからだという。

宮部は23歳のときにワープロを購入し、練習しようと打ち始めると止まらず、それが自然に小説になった、と言う。その後の作品も、「どこからかストーリーが下りてきてワープロが勝手[3]に書いているような感覚だった」と話している。1992年から2001年にかけて、体調不良のためスランプとなり、多くの連載が中断され、未完のままとなっている。

作風は説明をあまりせず、主に登場人物の会話でストーリーが進行するようになっている。ミステリーの他、『ブレイブ・ストーリー』などのファンタジー冒険小説、「三島屋変調百物語」シリーズなどの時代ホラー小説、『悪い本』（絵：吉田尚令）などのホラー絵本など、ジャンルは多岐にわたっている。

東京都江東區出身。東京都立墨田川高等學校畢業，當了兩年上班族後，在法律事務所做了五年打字員。1984年開始在小說教室學習了一年半，1987年以短篇小說《鄰人的犯罪》出道。在時間自由的東京瓦斯收款組邊工作邊寫小說，為期兩年。1989年出版了《完美的藍》，成為職業作家。現為日本推理作家協會、日本SF作家俱樂部的會員，也擔任許多文學獎的選拔委員。

宮部從年幼時就喜歡閱讀、落語和講談等。但據說宮部身體不適時，綾辻行人推薦了她電玩，因此她現在最喜歡的事情是打電玩。

據說宮部23歲時買了一台文書處理機，打算練習打字，結果一打就停不下來，就這樣完成了一部小說。在那之後的作品，她也說過「故事不知從何處而降，感覺就像文書處理機自行書寫起來一般」。從1992年開始到2001年，她因身體不適而遇到瓶頸，許多連載中斷，且至今仍未完結。

她的作品風格不太說明情節、主要靠登場人物的對話發展故事。除了推理小說外，她也寫像是《勇者物語》這類奇幻冒險小說、《三島屋奇異百物語》系列的時代恐怖小說、《惡之書》（吉田尚令繪）恐怖繪本等等，涉獵多種領域。

# 獲獎經歷

1987年　我らが隣人の犯罪（鄰人的犯罪）　獲第26屆ALL讀物推理小說新人獎

1989年　魔術はささやく（魔術的耳語）　獲第12屆日本推理懸疑小說大獎

1991年　本所深川ふしぎ草子（本所深川不可思議草紙）　獲第13屆吉川英治文學新人獎

1992年　龍は眠る（龍眠）　獲第45屆日本推理作家協會獎（長篇部）

1993年　火車（火車）獲第6屆山本周五郎獎、週刊文春推理小說BEST 10第1名

1999年　理由（理由）　獲第120屆直木三十五獎、第17屆日本冒險小說協會大獎國內部門大獎、週刊文春推理小說BEST 10第1名

2001年　模倣犯（模仿犯）獲第55屆每日出版文化獎特別獎、週刊文春推理小說BEST 10第1名

2002年　模倣犯（模仿犯）　獲第5屆司馬遼太郎獎、第52屆藝術選獎文部科學大臣獎、這本推理小說真厲害！第1名

2007年　名もなき毒（無名毒）　獲第41屆吉川英治文學獎

2008年　楽園（樂園）　獲這本推理小說我想讀！第1名

## 火車　火車　○ 049
（1992 年雙葉社／ 1998 年新潮文庫）

▲《火車》中文版（臉譜出版提供）

　　1994 年テレビ朝日系列、三田村邦彦、財前直見主演で、また 2011 年にもテレビ朝日系列にて、上川隆也、佐々木希主演でドラマ化された。2012 年には韓国で映画化されている。
　　休職中の刑事、本間俊介は、亡き妻千鶴子の親戚である栗坂和也から失踪した婚約者の関根彰子を探し出してほしいと頼まれる。和也が彰子にクレジットカード作成を勧めたところ、審査の段階で彼女が自己破産経験者だということが判明し、その翌日に姿を消したというのだ。俊介が彰子の勤め先で見た履歴書の写真と、彰子の自己破産手続きに関わった弁護士に聞いた彼女の容貌、性格は全く一致しない。和也の婚約者の「関根彰子」は誰か別の人間がなりすました[4]偽者なのではないか。消費者金融やカードローン破産を題材にした社会派ミステリーの大傑作。

　　1994 年朝日電視台拍成電視劇，由三田村邦彥和財前直見主演，2011 年也是朝日電視台拍成電視劇，由上川隆也和佐佐木希主演。2012 年在韓國拍成電影。
　　停職中刑警本間俊介，被亡妻千鶴子的親戚——栗坂和也委託尋找他失蹤的未婚妻關根彰子。和也勸彰子辦一張信用卡，結果在審查階段得知彰子曾自行提出破產申請，隔天，她便消失了蹤影。俊介在彰子

工作處看到的履歷表照片，與幫忙彰子辦理破產手續的律師所描述之容貌、個性截然不同。難道和也的未婚妻「關根彰子」其實是其他人冒充的嗎？以消費者金融和信用破產為題材，是社會派推理小說的一大傑作。

## クロスファイア　十字火燄　○ 050
（1998 年光文社 KAPPA NOVELS ／ 2002 年光文社文庫）

　　『鳩笛草——燔祭／朽ちてゆくまで』収蔵の中編「燔祭」がこの物語のプロローグ的外伝となっている。2000 年東宝系、矢田亜希子主演で映画化されている（長澤まさみはこの映画でデビュー）。
　　念力放火能力（パイロキネシス）という超能力を持つ青木淳子は廃工場で瀕死の男性を始末しようとしている四人の若者を目撃し、三人を次々と燃やしていくが、残りの一人「アサバ」を逃してしまう。瀕死の男性から恋人の「ナツコ」が連れ去られたと聞き、その後息絶えた男に誓う。「必ず、仇はとってあげるからね。」正義とは何なのか。登場人物の心の襞まで描く、ＳＦファンタジー・ミステリー。

　　《鳩笛草——燔祭／直到腐朽為止（暫譯）》中收錄的中篇〈燔祭〉，為這篇故事的前傳。2000 年東寶公司拍成電影，由矢田亞希子主演（長澤雅美以這部電影出道）。
　　一名能用念力釋放火焰（意念控火）的超能力者青木淳子，在廢棄工廠目擊了四名年輕人打算解決掉一名瀕臨死亡的男子。她使三名年輕人接連燃燒起來，卻不小心讓最後一人「淺羽」逃走了。淳子從瀕死的男子口中打聽到他的戀人「奈津子」也被帶走，便向隨後氣絕身亡的男子發誓「我一定會為你報仇的」。究竟什麼叫做正義？將登場人物的內心深處描寫得淋漓盡致，是一部 SF 奇幻推理小說。

## 模倣犯　模仿犯 ● 051
（2001 年小學館／ 2005 年新潮文庫）

▲《模仿犯》中文版（臉譜出版提供）

　　2002 年東宝系、中居正広主演で映画化される。第 57 回毎日映画コンクール日本映画ファン賞受賞。2016 年にはテレビ東京系、主演中谷美紀、坂口健太郎でドラマ化されている。

　　愚鈍な高井和明（カズ）をいじめていた栗橋浩美（ヒロミ）は殺人事件を起こしてしまう。ヒロミは、秀才の網川浩一（ピース）に相談し、そこから二人で連続殺人事件を起こすが、その罪をカズになすりつけよう<sup>5</sup>とする。カズとヒロミは事故死してしまい、世間では連続殺人事件の犯人が死亡したものと考えられたが、そこでピースがマスコミに登場し、「他に真犯人がいる！」と主張し始める。

　　犯罪被害者、加害者双方の視点から描かれることで、完全犯罪を企てたつもりのエリート犯罪者の愚かさとその対照にいる人々の優しさ、犯罪被害者、加害者の家族が直面する悲劇を丁寧に描いている。

　　2002 年東寶公司拍成電影，由中居正廣主演，獲第 57 屆每日電影獎日本電影愛好者獎。2016 年在東京電視網播出電視劇，由中谷美紀、坂口健太郎主演。

　　栗橋浩美（浩美）總是欺負遲鈍的高井和明（阿和）。浩美不小心殺了人，他向高材生網川浩一（和平）商量，於是兩人犯下連續殺人案，並打算把罪名嫁禍到阿和身上。後來阿和與浩美意外身亡，世人原以為連續殺人事件的犯人已經死了，沒想到這時和平出現在媒體上，主張：「真正的犯人另有他人！」

　　從犯罪被害者與加害者雙方的視角出發，細膩描寫出企圖計劃完美罪行之精英犯罪者的愚蠢，以及與此相對的人們的善良、犯罪被害者與加害者家人所面臨的悲劇。

---

動詞・イ形容詞・ナ形容詞・名詞的名詞修飾詞＋ことから　這樣的原因、～這樣的契機

動詞夕形ところ、過去形　～後，結果～。

1. 務める　擔任　為完成某個任務或職務而出力。與「勤める（任職）」、「努める（努力）」、「勉める（竭盡心力）」同音不同義。
2. 無類の　最　最強的、無與倫比的。
3. 勝手　自行　不顧及他人，依照自己方便行動。這裡是指，比起說是自己寫的，倒不如說像是文書處理機自行撰寫的一般。
4. なりすます　冒充　裝成別人的樣子行動。
5. なすりつける　嫁禍　把自己應該背負的責任推卸為他人的責任。

# 31

## 綾辻行人
あやつじゆきと

1960 年 12 月 23 日〜
本名：内田直行
うちだ なおゆき

● 052

綾辻は京都府京都市出身、京都大学大学院教育学研究科博士課程を修了し、同大学推理小説研究会同期で作家の小野不由美と結婚している。交友関係は広く、同じく研究会同期の我孫子武丸、生年月日・デビュー年月が同じ宮部みゆき、同じ関西出身の有栖川有栖、綾辻の大フ ァンであった辻村深月らと交流がある。「綾辻行人」というペンネームを考案したのは推理作家の島田荘司だが、綾辻の「館シリーズ」に登場する探偵「島田潔」の名前は、島田荘司と彼の作品の中に出てくる探偵「御手洗潔」の名前を合わせたものである。趣味はゲームと麻雀

で、アイドルグループの欅坂46の大ファンでもある。

1987年に『十角館の殺人』で作家デビューするが、そのとき講談社ノベルス編集部が「新本格ミステリー」と名づけ、その後の新本格ブームを巻き起こした。「本格ミステリ作家クラブ」元事務局長であり、現在は「日本推理作家協会」会員である。今までに多くのミステリー系文学賞の選考委員を歴任している。

作品には、「全ての手がかりは与えた。真相を解明してみよ[1]。」という所謂「読者への挑戦状」が仕込まれて[2]いるものが多い。緻密に張られた伏線と終盤での大胆などんでん返し[3]が特徴で、物理的トリックよりも叙述トリックによる読者のミスリードを得意としている。

代表作には、長編本格ミステリー「館シリーズ」、幻想的なホラー作品「囁きシリーズ」、恐怖のスプラッタ・ホラー作品「殺人鬼シリーズ」などがある。また後述の『Another』シリーズは漫画化、アニメ化、実写映画化されている。他にも、綾辻原作、佐々木倫子作画による漫画作品『月館の殺人』、ビデオゲームの監修、ABC朝日放送系列で不定期に放送されている懸賞金付き推理ドラマ『安楽椅子探偵』の原作（有栖川有栖と共同執筆）などがある。

綾辻出生於京都府京都市，京都大學研究所教育學研究科博士課程修畢，與大學推理小說研究會的同期、作家小野不由美結婚。交友廣闊，和同研究會的同期生我孫子武丸、生日與出道年月皆相同的宮部美幸、同是關西出身的有栖川有栖、綾辻頭號書迷的辻村深月等人都有交流。筆名「綾辻行人」是推理作家島田莊司想出的，而綾辻「館系列」中登場的偵探「島田潔」，這名字是由島田莊司和他作品中出現的偵探「御手洗潔」組合而來。據說他的興趣是打電玩、麻將，也是偶像團體欅坂46的狂熱粉絲。

以1987年出版的作品《殺人十角館》出道成為作家，當時講談社Novels編輯部將其命名為「新本格推理」，之後掀起了新本格浪潮。他是「本格推理作家俱樂部」的前事務局長，現為「日本推理作家協會」的會員。至今擔任過許多推理小說類的文學獎選拔委員。

作品中時常會加入「給讀者的挑戰書」，內容寫著：「所有的線索我都給你們了。去試著解開真相吧。」他寫作的特點是嚴密地埋下伏筆，並在最後來個大膽的逆轉，比起物理性詭計，更擅長用敘事性詭計誤導讀者。

代表作有長篇本格推理「館系列」、幻想類恐怖小說作品「耳語系列」、恐怖獵奇驚悚作品「殺人鬼系列」等。此外，後面將會介紹的《Another》系列已被改編成漫畫、動畫以及真人版電影。其他還有綾辻原著、佐佐木倫子繪的漫畫作品《月館殺人事件》等，他也曾擔任過電玩遊戲的監修，亦是ABC朝日放送系列不定期播出的懸賞金推理電視劇《安樂椅偵探》（與有栖川有栖合作執筆）原著。

## 獲獎經歷

1992年　時計館の殺人（殺人時計館）　獲第45屆日本推理作家協會獎（長篇部）

## 十角館の殺人　殺人十角館 ● 053
（1987 年講談社／ 1991 年講談社文庫）

作者のデビュー作であり、素人[4]探偵島田潔が活躍する長編作品「館シリーズ」の第一作。シリーズ作品は現在九作品が刊行されており、次の作品をもって本シリーズは完結するとしている。

大分県にある小さい無人島「角島」に立つ正十角形の建物「十角館」。元々は建築家、中村青司が建てた「青屋敷」という建物の離れであったが、半年前に屋敷が全焼し、中村青司を含む 4 人の人間が死体で発見され、十角館だけが残っていた。その十角館で 1 週間過ごそうと、大分県 K** 大学ミステリ研究会のメンバーで、有名作家にちなんだニックネームで呼び合う 7 人の学生、ポウ、カー、エラリイ、ヴァン、アガサ、オルツィ、ルルウがやって来た。やがて学生たちは一人、また一人と殺されていく。いったい誰が犯人なのか。この驚愕の結末をあなたは見抜ける[5]か……！？

作者的出道作。素人偵探島田潔活躍的長篇作品《館系列》的第一作。本系列目前出版九部，預計在下一部作品完結。

位於大分縣無人小島「角島」的正十角形建築物「十角館」，原本是建築家中村青司所建「青屋邸」的別館，半年前宅邸全燒毀，發現了包含中村青司在內的 4 具屍體，只有十角館保留下來。大分縣 K 大推理研究會的成員 7 位學生，打算在那間十角館度過一週。他們間以源自著名作家的綽號相稱：阿波、阿卡、艾勒里、阿范、阿嘉莎、奧魯茲、勒魯。不久後學生們一人、接著一人被殺，究竟誰是犯人？你能夠看透這些令人出乎意料的結局嗎？

## どんどん橋、落ちた　推理大師的惡夢
（1999 年講談社／ 2001 年講談社 novels） ● 054

読者への挑戦状付き超難問本格推理中・短編集。「どんどん橋、落ちた」「ぼうぼう森、燃えた」「フェラーリは見ていた」「伊園家の崩壊」「意外な犯人」の五作品収録。奇想天外なトリック、ブラックユーモアたっぷりの作品にクスっとしたり、うーんとうならされ[6]ながら、犯人当てを楽しんでほしい。

附有給讀者的超難解挑戰書，本格推理中短篇集。共收錄了〈鈍鈍吊橋垮下來〉、〈茫茫樹海燒起來〉、〈法拉利看見了〉、〈伊園家潰亡了〉和〈出人意表的兇手〉五篇作品。作品中異想天開的詭計及滿滿的黑色幽默，讓人不禁笑出聲，期望大家能一邊「嗯──」地苦思，一邊享受猜犯人的樂趣。

## Another シリーズ　Another 系列 ● 055
（2009 年〜角川書店／ 2011 年〜角川文庫）

ホラー、ミステリー、サスペンスを融合させたような作品。綾辻原作の小説を清原紘が漫画化したほか、2012 年 1 月から 3 月まで北日本放送でアニメ版も放送された。映像作品の主題歌は綾辻の依頼で ALI PROJECT が担当している。また、主演山﨑賢人、橋本愛で 2012 年に映画化もされている。

主人公である榊原恒一は夜見山北中学校三年三組に転入して来てすぐ、クラスの異様な雰囲気に気がつく。そして左目に眼帯をして、一際不思議な存在感を放つ見崎鳴に恒一は惹かれる。彼女は恒一に言う。「気をつけて。もう始まってるかもしれない。」そんなある日、一人のクラスメイトが凄惨な死を遂げる……。

融合恐怖、推理、懸疑的作品。除清原紘將綾辻的原著小說改編成漫畫外，2012 年 1 月到 3 月北日本放送電視台播出動畫。動畫作品的主題曲是綾辻親自委託 ALI PROJECT 演唱。此外，本作也在 2012 年拍成電影，山崎賢人、橋本愛主演。

主角榊原恆一轉學到夜見山北中學三年三班沒多久，就注意到了班上怪異的氣氛。他被左眼戴著眼罩、散發著奇異存在感的見崎鳴吸引。見崎對他說：「小心點，說不定已經開始了。」在那之後的某一天，班上一位同學慘死⋯⋯

〜をもって（〜を以て）　以〜　①以〜的手段方法②〜為期限。這裡是②的意思。

1. みよ　試試看　「みる」的其中一個命令形。和「みろ」相比為較書面的表現。
2. 仕込む　放進去　設法添加進去。
3. どんでん返し　逆轉　話題的發展與立場、形式等變成完全相反。其語源來自歌舞伎的翻轉舞台裝置，以轉換成下一個場面。
4. 素人　素人、業餘　「白人」音變而來。針對該領域相關經驗淺薄、沒有必要技能及知識的人。或是並非該領域職業、專門人士。反義詞為「玄人」。
5. 見抜く　看透　看到沒有浮上表面的本質或真相。
6. うなる　（懊惱地）低鳴　發出痛苦、無法成詞的低鳴。

# 32

## 湊 かなえ
みなと

湊佳苗

 056

1973 年～

広島県因島市出身で、現在は兵庫県洲本市在住である。

子供の頃は空想好きな少女で、江戸川乱歩や赤川次郎の本を愛読していた。兵庫県の武庫川女子大学家政学部被服学科を卒業後はアパレル[1]メーカーに一年半勤務し、その後二年間青年海外協力隊で家庭科の教師としてトンガに赴任[2]し栄養指導に携わった[3]。帰国後は淡路島の高校で家庭科の非常勤講師となった。27歳で結婚し、28歳で第一子を出産している。趣味は登山とサイクリングだという。

2007年に、後に『告白』の第一章となる

「聖職者」で第29回小説推理新人賞を受賞し小説家になる。そして、デビュー作『告白』が第6回本屋大賞を受賞した。デビュー作でのノミネート、大賞受賞は共に史上初である。その後発表された作品も次々と話題作になっている。「読んだ後に嫌な気分になるミステリー」という意味の「イヤミス」というジャンル[4]を世に広めたことでも有名で、「イヤミスの女王」と呼ばれている。

今まで多くの作品がテレビドラマ化、及び映画化されている。また、2012年にはフジテレビ系『高校入試』でテレビドラマの脚本も手がけた。作風は、緻密な構成と女性の内面描写に定評があり、登場人物一人一人に細かな設定がなされている。執筆前にはどんな脇役であっても履歴書を作るという。

出生於廣島縣因島市,現居於兵庫縣洲本市。

年幼時是個喜歡幻想的少女,熱愛閱讀江戶川亂步和赤川次郎的書。從兵庫縣武庫川女子大學家政學院服裝學科畢業後,在服裝製造商工作了一年半,之後她跟隨日本海外合作志願者們前往東加,當了

兩年的家庭科老師,並從事營養指導。回國後,在淡路島的高中擔任家庭科兼任老師。27歲結婚,28歲生了第一個孩子。興趣是登山和騎腳踏車。

2007年以〈神職者〉獲第29屆小說推理新人獎,成為小說家,此篇作品之後成為《告白》的第一章。之後,她以出道作《告白》獲第6屆書店大獎,這是史上第一部出道作品得到提名並獲獎的,此後出版的作品也相繼成為熱門話題。她的作品著名的是使「致鬱系推理」這個類型廣為人知,意思是「看完心裡會不舒服的推理小說」,因此被稱為「致鬱系女王」。

至今她有許多作品被拍成電視劇和電影。此外,她也親自寫了2012年富士電視台播出的電視劇《高校入試》的劇本。嚴謹周密的結構和女性心理描寫的文風廣受好評,且對每一個登場人物都有精細的設定。據說她在下筆前,會針對每個配角撰寫履歷表。

## 獲獎經歷

2007年　答えは、昼間の月（答案是白晝之月,暫譯）　獲第35屆創作廣播劇大獎

2007年　聖職者（神職者）　獲第29屆小説推理新人獎

2009年　告白（告白）獲第6屆書店大獎、週刊文春推理小説BEST 10第1名

2009年　獲第3屆廣島文化獎新人獎

2012年　望郷、海の星（《望鄉》〈海星星〉）　獲第65屆日本推理作家協會獎（短篇部）

2016年　ユートピア（理想國）獲第29屆山本周五郎獎

2016年　獲第9屆最佳母親獎（頒給育兒中公眾人物的獎項）

## 告白　告白  ● 057
（2008 年雙葉社／ 2010 年雙葉文庫）

▲《告白》中文版（時報出版提供）

デビュー作。2008 年「週刊文春ミステリーベスト 10」で第一位、「このミステリーがすごい！」で第四位、2009 年に本屋大賞を受賞した。累計売上は 250 万部を超えている。2010 年には主演松たか子で映画化された。

　S 中学校 1 年 B 組のホームルームで担任の森口悠子が静かに語り出す。「私はシングルマザーです。私の娘は死にました。このクラスの生徒に殺されたんです。」

　悠子の婚約者であった桜宮は H I V に感染し、娘の愛美が生まれる前にエイズを発症し死亡した。愛美が学校のプールで溺死し、それが事故ではなく、1 年 B 組の教え子である渡辺と下村による殺人であることを知った悠子は二人に復讐を始める。悠子は告げる。「先ほど食べた給食の牛乳の中に、桜宮の H I V の血液を入れておいたので、犯人の二人には “命” をしっかり噛みしめてほしい」。渡辺、下村、その周りの人間はどうなっていくのか。そして、衝撃の結末とは……。

　出道作。2008 年獲「週刊文春推理小說 BEST 10」第 1 名、「這本推理小說真厲害！」第 4 名，2009 年獲書店大獎，累計銷售超過 250 萬冊。2010 年拍成電影由松隆子主演。

　S 中學 1 年 B 班的班導師森口悠子在班會時平靜地說：「我是單親媽媽。我的女兒死了。被這個班級裡的學生殺死了。」

　悠子的未婚夫櫻宮感染了 HIV，在女兒出生前因愛滋病發作去世。女兒愛美在學校游泳池溺死，悠子知道此事並非意外，而是 1 年 B 班的學生渡邊和下村將其殺害，故開始對兩人展開復仇。悠子向學生們坦白：「我剛才在營養午餐的牛奶中，加了櫻宮的 HIV 血液。我希望這兩個犯人能細細品嚐『生命』。」渡邊、下村及周遭的人將變得如何？而令人衝擊的結局又會是……

## Ｎのために　為了 N ● 058
（2010 年東京創元社／ 2014 年雙葉文庫）

　2014 年に T B S 系、主演榮倉奈々、窪田正孝でテレビドラマ化された。

　高層マンションに住むセレブ夫婦、野口貴弘（Takahiro Noguchi）、野口奈央子（Naoko Noguchi）が殺害された。その現場に居合わせた [5] のは杉下希美（Nozomi Sugishita）、成瀬慎司（Shinji Naruse）、安藤望（Nozomi Ando）、西崎真人（Masato Nishizaki）の四人。それぞれ名前に N のイニシャルのつく若者たちを巡る、純愛ミステリー。

　2014 年在 TBS 電視台播出，由榮倉奈奈、窪田正孝主演拍成電視劇。

　住在高層公寓的名流夫婦——野口貴弘（Takahiro Noguchi）和野口奈央子（Naoko Noguchi）被人殺害了。正巧在事發現場的有四個人，分別是杉下希美（Nozomi Sugishita）、成瀬慎司（Shinji Naruse）、安藤望（Nozomi Ando）和西崎真人（Masato Nishizaki）。圍繞著這群姓名以 N 為首的年輕人，是一部純愛推理故事。

## 夜行観覧車　夜行觀覽車 ● 059
（2010年雙葉社／2013年雙葉文庫）

2013年にＴＢＳ系、主演鈴木京香でテレビドラマ化された。

　高級住宅街ひばりヶ丘に小さな一戸建ての家を建て、引っ越してきた遠藤家。身分不相応の地域のため、近所の人に数々の嫌がらせを受ける中、向かいの高橋家だけは親しく接してくれる。妻、遠藤真弓は高橋淳子を慕い、娘の遠藤彩花は淳子の息子の高橋慎司に憧れを抱く。4年後、高橋淳子の夫が死亡し、淳子、慎司も姿を消した。彩花は家庭内暴力を繰り返し、真弓の夫啓介も何かに怯えている。遠藤家と高橋家に何があったのか……。誰にでも起こり得るような、家族や近所づきあいにおける葛藤を描いた作品。

　2013年拍成電視劇在TBS電視台播出，由鈴木京香主演。

　遠藤家搬進了高級住宅區「雲雀之丘」的一間獨棟小房。因身分地位和這區不符，他們受到鄰居們的各種欺凌，只有對面的高橋家親切地對待他們。妻子遠藤真弓景仰高橋淳子，女兒遠藤彩花仰慕淳子的兒子慎司。4年後，高橋淳子的丈夫身亡，淳子和慎司也失去了蹤影。遠藤彩花反覆承受著家庭暴力，真弓的丈夫啓介也在懼怕著某種事物。遠藤家和高橋家之間到底發生了什麼？任誰身上都可能發生、一本描寫家人和鄰居間交際的糾葛作品。

---

名詞を巡る＋（名詞）　以～為中心，與之有關係的～

名詞における＋（名詞）　在～的，在～的場合的

1. アパレル　服裝　從英文 apparel 而來。指服飾產業（衣料產業）。
2. 赴任　前往～當　前往上任地點。
3. 携わる　從事　從事某件事。
4. ジャンル　種類　從法語 genres 而來。主要指藝術作品等的種類。
5. 居合わせる　正巧在　正好在那個地方。

給讀者的挑戰書

## 33

筆名出自美國著名懸疑小說家艾德格・愛倫・坡，並且實際上當過偵探的推理作家是哪一位？

## 34

橫溝正史曾將自己的興趣用於小說《女王蜂》的詭計上，是什麼興趣呢？

## 35

將致鬱系發揚光大的女性推理作家及其作品是？

## 36

雖然普遍認為他是社會派推理的第一人，但本人似乎不喜歡被稱為社會派。

## 37

作品中對話多，因此很受年輕人歡迎。據說不喜歡寫作節奏被打亂因此使用稿紙寫作的作家是？

37　赤川次郎
36　松本清張
35　夏樹靜子・蛇眼
34　籠子的（籠物）
33　江戶川亂步

# CASE 3

## 推理流派面面觀

# 推理小説のジャンル

推理小說的流派

欧米では「フーダニット whodunit」「パズラー puzzler」などと称されるもので、「本格」という呼び名は日本独自のものである。エドガー・アラン・ポーをはじめ、エラリー・クイーン、アガサ・クリスティ、ディクスン・カーなどが有名で、日本では江戸川乱歩、横溝正史が代表的作家とされる。

定義としては、事件の手がかりを全てフェアな形で作品中で示し、それと同じ情報をもとに登場人物が真相を導き出す論理的な作品のことを言う。手がかりが全て示されること以外に、地の文に虚偽が書かれないこと等が要求される。「犯人を推理してみよ」という「読者への挑戦状」が明示的に含まれる作品もある。密室殺人などの不可能犯罪を扱った作品の多くはこのジャンルに含まれる。

在歐美稱為「whodunit」、「puzzler」等，「本格」為日本特有的稱呼。著名的有艾德格・愛倫・坡為首，艾勒里・昆恩、阿嘉莎・克莉絲蒂和約翰・狄克森・卡爾等人，日本的代表性作家則有江戶川亂步和橫溝正史。

從定義上來說，是指將事件的線索全部以公平的方式呈現在作品中，登場人物也根據同樣的資訊，來推導出真相的理論性作品。除了會將線索全部展現給讀者外，亦要求說明和敘事部分不能有假情報。也有作品會明寫出「來推理出犯人吧」這類「給讀者的挑戰書」。許多使用密室殺人等不可能犯罪的作品都屬於這一類。

「新たな本格ミステリー」の意味。綾辻行人をはじめとする 1980 ～ 1990 年代にかけてデビューした一部の若手作家による作品群を指すことが多い。古典的な本格ミステリーに倣った作風を特徴としており、謎解きのおもしろさを追及した作品が多い。

「新型本格推理」的意思。以綾辻行人為首，多指從 1980 到 1990 年代出道的部分年輕作家所寫之作。特徵為模仿古典本格推理寫作風格，有許多追求解謎趣味的作品。

## 40 ハードボイルド
冷硬派

● 062

英語では「hardboiled」と書かれるように、元々は「固ゆで卵」のこと。そこから転じて、感傷や恐怖などに流されない冷酷非情な人間の性格を指す。ミステリーでは、登場人物の内面描写をあまり行わず、客観的で簡潔な描写で記述した作品を指す。思索型で事件を解決する探偵ではなく、自ら率先して捜査して解決する探偵が描かれる。

英文寫作「hardboiled」，本來是指「全熟水煮蛋」的意思。從這個詞衍生為指不會流露出傷感或害怕等情感、冷酷無情的性格。在推理小說中，意指不太深入去寫登場人物的內心層面，而是以客觀、簡潔方式來敘述的作品。這類作品描寫的偵探不是用思索來解決案件，而是自己率先去搜查來解決案子。

## 41 社会派ミステリー
社會派推理

● 063

法律、死刑制度、医療制度等、社会性のある題材を扱い、現実社会の世相を反映した作風の推理小説のことを言う。事件そのものに加え、社会背景が綿密に描かれるのが特徴である。松本清張の作品がその代表とされ、1960年代から長らく社会派ミステリーが主流となっていた。

指在寫作風格上運用法律、死刑制度、醫療制度等社會性題材，藉以反應現實社會世態的推理小說。特徵是除了事件本身外，還有社會背景的細膩描寫。松本清張的作品為此類推理小說的代表，從1960年代開始，社會派推理曾長時間成為主流。

## 42 ホラー・ミステリー
恐怖推理

● 064

恐怖を主題にした推理小説のことを指す。怪奇現象などのオカルト的要素のあるものから、サイコパスによる異常殺人を扱ったものまで、さまざまなものがある。

指以恐怖為主題的推理小說。從使用奇異現象等超自然要素的題材、到因精神疾病而異常殺人的故事，有各式各樣的題材。

## 43 青春ミステリー
青春推理

● 065

いわゆる学園もののミステリーのこと。主人公やその周辺人物が学生で、彼らの成長や恋愛、友情の要素が強い作品。ライトノベルの推理小説の多くがこのジャンルに含まれる。代表的な作品に、赤川次郎『セーラー服と機関銃』がある。

也就是指校園類的推理小說。主角和身邊人物都是學生，強調他們的成長、愛情與友情的故事。有不少推理輕小說都屬於這一類，代表性作品有赤川次郎《水手服與機關槍》。

# 44

## 日常の謎
### 日常之謎

● 066

殺人事件などの法律に触れるような犯罪ではなく、日常生活の中でふと目にした不思議な現象などについて、その理由・真相を探る作品のことを指す。

這類作品寫的不是殺人事件等涉及法律的犯罪，而是針對在日常生活中偶然看見的怪奇現象，去尋找其理由和真相的作品。

# 45

## ビブリオ・ミステリー
### 書籍推理

● 067

本や本の内容が絡むミステリーのこと。「ビブリオ」とはラテン語に由来する言葉で「本」を表す。本に関する職業の人物が主人公となったり、書店や図書館など本に関する場所が舞台となったり、作中で本が重要な役割を果たしたりするものを指す。

是指與書或書籍內容息息相關的推理小說。「書籍（Biblio）」是從拉丁語而來的詞彙，表「書」的意思。這類小說，會以從事與書籍相關職業的人物作為主角，或是以書店或圖書館等與書有關的場所作為故事舞台，在作品中書本擔任了極為重要的角色。

# 46

## コージー・ミステリー
### 舒逸推理

● 068

「コージー（cozy）」とは「居心地がよい」という意味である。暴力的要素が極力排除され、日常的な場面で素人探偵が謎解きをするものを言う。女性が気軽に読めるコメディ・ミステリーのことを指す。

「cozy」意指「舒適的」。極力排除暴力元素，由業餘偵探來解開日常生活之謎，是女性能夠輕鬆閱讀的喜劇推理小說。

# 47

## トラベル・ミステリー
### 旅情推理

● 069

有名な観光地を舞台にした作品のこと。または、鉄道や航空機などの交通手段を用い、その時刻表をアリバイやトリックに用いた作品のことを言う。西村京太郎の作品でこのジャンルが確立された。松本清張の『点と線』も時刻表ミステリーの代表作と言える。

以知名觀光景點作為故事舞台的作品。或利用火車、飛機等交通工具，將時刻表作為不在場證明或詭計的作品。因西村京太郎的作品，才確立了這個類型。松本清張的《點與線》也可以說是時刻表推理的代表作。

## 48

### 時代ミステリー／歴史ミステリー
### 時代推理／歴史推理

● 070

過去の時代を舞台にした作品。または、歴史上の謎に、現代の探偵役が資料などを元に取り組む作品のこと。日本では江戸時代が舞台のものが多い。

以過去時代作為故事舞台的作品。或現代的偵探角色以歷史資料為基礎，去解開歷史之謎的作品。在日本多以江戶時代為舞台。

## 49

### イヤミス
### 致鬱系推理

● 071

読むと嫌な気分にさせられる、後味の悪いミステリーのこと。嫉妬や悪意といった人間の心の闇が徹底して描かれた作品が多い。代表的な作品に、湊かなえ『告白』が挙げられる。

讀了會讓人心情不愉快、後勁很糟的推理小說。多為透徹描寫人類心中的嫉妒、惡意等黑暗面的作品。代表作品有湊佳苗的《告白》。

## 50

### バカミス
### 笨格推理

● 072

「おバカなミステリー」「ばかばかしいミステリー」の略。リアリズムを追及せず、設定やトリックに娯楽性が満載の作品のことを言う。代表作は蘇部健一の『六枚のとんかつ』がある。

「笨蛋推理小說」、「荒唐推理小說」的簡稱。不追求寫實，設定和詭計都充滿著娛樂性質的作品。代表作有蘇部健一的《六塊豬排》。

## 51

### キャラミス
### 角色推理

● 073

「キャラクター・ミステリー」の略。主人公をはじめとする登場人物のキャラクター（個性）を前面に押し出したミステリーのこと。ライトノベルのように、挿絵で登場人物をアニメ調に描くことで、そのキャラクター性を強く際立たせた作品のことを言う。

「角色推理小說」的簡稱，極力突顯主角等登場人物性格的推理小說。指和輕小說一樣，用插畫將登場人物畫成動漫風格，把該角色個性強烈表現出來的作品。

# 52 占星術殺人事件

本格派

● 074

占星術殺人事件
（1981 年）

「御手洗潔シリーズ」第一作。2012 年に『週刊文春臨時増刊　東西ミステリーベスト 100』で歴代日本ミステリーの 3 位に選出されたほか、2014 年にイギリスの有力紙『ガーディアン』で「世界の密室ミステリーベスト 10」の第 2 位に選ばれた。史上類を見ない[1] 考え抜かれたトリックはあまりにも有名。ミステリーファンは必読の作品である。

1936 年 2 月 26 日、画家の梅沢平吉が自宅の密室状態のアトリエ[2] で後頭部を強打され殺された。現場に残された遺書には、平吉の家に住む 6 人の娘（平吉の娘 4 人と弟の娘 2 人）から、それぞれの星座に合わせて体の一部を切り取り、それらを合成して完璧な肉体を持つ女性「アゾート」を作成する、と書いてあった。その後、6 人の娘たちは全員殺され、死体は遺書通り体の一部を切り取られていた。さらに、それぞれの死体は日本中のあちこち[3] に分散して置かれていた。事件が迷宮入りしてから 40 年後、占星術師の御手洗潔が友人の石岡から事件のことを聞き、興味を示す。

「御手洗潔系列」的第一部作品。2012 年在《週刊文春臨時增刊　東西推理小説 BEST 100》中被選為日本歷代推理小説第三名，2014 年也在英國的權威報紙《衛報》中獲選為「世界密室推理小説 BEST 10」第二名。其深思熟慮後想出來的詭計史無前例，非常有名，是推理小説迷必讀的作品。

1936 年 2 月 26 日，畫家梅澤平吉在密室狀態的自家工作室中被人重擊後腦身亡。現場留下的遺書上寫著：從住在平吉家的六個女孩（平吉的 4 個女兒和平吉弟弟的 2 個女兒）身上切下與她們星座符合的部位，再將其合為擁有完美肉體的女性「阿索德」。在那之後，六名女孩全部遭到殺害，屍體就和遺書寫的一樣，身體一部分被切下。她們的屍體甚至還被分散放置在日本全國各地。案件一直沒有解決，40 年後，占星術師御手洗潔從友人石岡口中得知此事，表示很感興趣。

## 作者 島田荘司 （しまだそうじ）　島田荘司（1948年10月12日〜）

現代本格ミステリーの巨匠。広島県福山市出身で、武蔵野美術大学商業美術デザイン科を卒業している。ライター、ミュージシャンを経て、1981年に名探偵御手洗潔が登場する『占星術殺人事件』（投稿時の題名は『占星術のマジック』）で小説家デビューした。デビュー当時は、島田の作風は文壇から批判されていたが、鮎川哲也、森村誠一らからは励ましの言葉を受けたという。綾辻行人や伊坂幸太郎など、多くの後続作家に影響を与えているほか、自らも新人本格ミステリー作家の発掘に力を入れており、広島県福山市開催の「島田荘司選　ばらのまち福山ミステリー文学新人賞」「講談社『ベテラン⁴新人』発掘プロジェクト」の選考委員を務めている。また、日本のみならずアジア全体にも視野を広げ、2008年からは台湾で「島田荘司推理小説賞」の募集が開始されたほか、2009年には「島田荘司選アジア本格リーグ」の選者となり、アジア各地域の良質な本格推理小説を紹介している。

現代本格推理的巨匠。廣島縣福山市出身，畢業於武藏野美術大學商業美術設計科。當過撰稿人和音樂家，1981年以名偵探御手洗潔登場的《占星術殺人事件》（投稿時的書名為《占星術的魔法》）出道成為小說家。據說島田剛出道時，其創作風格飽受文壇批評，但也得到了鮎川哲也、森村誠一等人的鼓勵。他影響了綾辻行人和伊坂幸太郎等多位後進作家，自己也致力於發掘本格推理新人作家，目前擔任廣島縣福山市舉辦的「島田荘司選　薔薇之町福山推理文學新人獎」和「講談社《資深新人》發掘企畫」的選拔委員。此外，不只是日本，他的視野還擴展到亞洲各地，2008年開始在台灣徵集作品參選「島田荘司推理小說獎」，2009年成為「島田荘司選　亞洲本格聯盟」的評選人，介紹亞洲各地優異的本格推理小說。

## 獲獎經歷

2008年　獲第12屆日本推理文學大獎

---

動詞・イ形容詞普通形／ナ形容詞・名詞（－である）＋のみならず　不光是〜

1. 類を見ない（るいをみない）　史無前例　指沒有前例。沒有其他同樣水準的事物。
2. アトリエ　工作室　從法語「atelier」而來，指畫家、雕刻家等人的工作室。
3. あちこち　各地　也會說「あちらこちら」、「あっちこっち」。指各種方向和地方。
4. ベテラン　老手　英文的「veteran」意指退役軍人，而日文意指累積了長年的經驗，在該領域中極為熟練之人，可用於各種職業上。

# 53 ロシア紅茶の謎

075

## 俄羅斯紅茶之謎

（1994 年講談社 novels ／ 1997 年講談社文庫 ／ 2012 年角川 Beans 文庫）

「作家アリスシリーズ（火村英生シリーズ）」の国名シリーズ第一作。6 編の作品が収録されている短編集。そのうち「動物園の暗号」と「ロシア紅茶の謎」は麻々原絵里依作画により漫画化されている。「八角形の罠」は 1993 年に兵庫県尼崎市「アルカイックホール・オクト」の柿落とし公演として行われた犯人当てイベントをノベライズしたものである。

### 「ロシア紅茶の謎」

年末に作詞家の奥村丈二が自宅で殺害された。死因は薬物中毒で、彼が飲んだ紅茶から青酸カリが検出された。丈二の妹の真澄、友人の金木雄也、桜井益男、内藤祥子、円城早苗、この 5 人が前日の夜、丈二の家でカラオケパーティをしていた。妹以外の 4 人にはいずれも丈二を殺害する動機があったものの、紅茶に毒を入れる機会があったのは妹しかいない……。名探偵諸君、この謎が解けるだろうか。

「作家有栖系列（火村英生系列）」的國名系列第 1 部作品，為收錄了 6 篇作品的短篇集。其中〈動物園的暗號〉和〈俄羅斯紅茶之謎〉由麻麻原繪里依繪成漫畫，〈八角形圈套〉則是依據 1993 年於兵庫縣尼崎市「Archaic Hall Oct」舉辦的舞台首次公演——猜兇手活動改編而成的小説。

### 〈俄羅斯紅茶之謎〉

年底，作詞家奧村丈二在自家遭到殺害。死因是藥物中毒，從他喝的紅茶裡驗出了氰化鉀。丈二的妹妹真澄、友人金木雄也、櫻井益男、內藤祥子、圓城早苗，這五個人前一晚在丈二家舉行了卡啦 OK 派對。除了妹妹以外的 4 個人都有殺害丈二的動機，然而卻只有妹妹才有機會在紅茶裡投毒……諸位名偵探，你們能解開這道謎團嗎？

## 作者 有栖川有栖 有栖川有栖（1959年4月26日～）

本名は上原正英。小学5年生のときに推理小説家を志し、初めて小説を執筆した。同志社大学法学部時代は推理小説研究会（現、同志社ミステリ研究会）に所属し、スポーツ新聞「デイリースポーツ」に犯人当て小説を発表していた。大学卒業後は大手[2]チェーン書店に勤めながら執筆を続け、1989年に江戸川乱歩賞に投稿した『月光ゲーム　Ｙの悲劇'88』が東京創元社編集長の目に留まり[3]、「鮎川哲也と十三の謎」として刊行され小説家デビューをした。35歳のときに書店を退職して専業作家となった。鮎川哲也賞をはじめ多くの選考委員を務めたほか、2000年から5年間「本格ミステリ作家クラブ」の初代会長も務めた。

生まれも育ちも大阪府大阪市であるため、小説の舞台は関西であることが多く、関西弁を話す人物も多数登場する。エラリー・クイーンの影響を色濃く受けており、クイーンに倣って[4]国名シリーズを発表している。また、作品の多くに犯人当ての「読者への挑戦状」が挿入されている。

本名為上原正英。小學五年級時以推理小說家為志向，寫了第一本小說。在同志社大學法學部就學期間，曾參加推理小說研究會（今同志社推理小說研究會），並在體育報「Daily Sports」上發表了猜兇手小說。大學畢業後，他邊在大型連鎖書店工作，一邊持續寫作，1989年投稿江戶川亂步獎的《月光遊戲》受到了東京創元社總編輯的矚目，便在〈鮎川哲也與十三之謎〉系列中出版，正式出道為小說家。35歲時從書店離職，成為專職作家。以鮎川哲也獎為首，有栖川擔任了多個獎項的選拔委員，並從2000年開始擔任了5年的本格推理作家俱樂部第一任會長。

因在大阪府大阪市土生土長，他的小說多以關西為背景，也有許多講關西腔的人物登場。他深受艾勒里·昆恩的影響，仿效昆恩發表了國名系列。此外，多數作品中都有插入猜兇手的「給讀者的挑戰書」。

 ## 獲獎經歷

1996年 獲開吧，這朵花獎（文藝其他部門）
2003年 マレー鉄道の謎（馬來鐵道之謎）　獲第56屆日本推理作家協會獎（長篇暨系列短篇集部）
2007年 乱鴉の島（亂鴉之島）　獲本格推理小說BEST 10第1名
2008年 女王国の城（女王國之城）　獲第8屆本格推理大獎（小說部）、週刊文春推理小說BEST 10第1名、本格推理小說BEST 10第1名
2016年 幻坂（幻坂，暫譯）　獲第5屆Osaka Book One Project

---

名詞＋をはじめ　以～為首　從多個事物中舉出其中最主要的一項，再列舉其他名詞。

1. いずれも　全都　不論哪個都、不論哪個人都。
2. 大手　大型　意指資本、產量等經營規模大的企業。
3. 目に留まる　受到矚目　看了以後，特別產生興趣。受到矚目。
4. ～に倣う　仿效　以某樣事物為模板實施同樣的行為。模仿。

新本格派

# 54 すべてが F になる

## The Perfect Insider

● 076

**全部成為 F**
（ 1996 年講談社／ 1998 年講談社文庫 ）

第 1 回メフィスト賞受賞作品。2002 年に漫画化、PS 用ゲーム化、2014 年に主演武井咲でドラマ化、2015 年にはテレビアニメ化もしている。

国立 N 大学工学部建築学科助教授の犀川創平は、恩師の娘で 1 年生の西之園萌絵と研究室のメンバーたちとともに、愛知県にある妃真加島へ向かう。妃真加島には真賀田研究所があり、そこでは優秀な研究者たちが研究を行っていた。天才プログラマの真賀田四季博士は過去に自身の両親を殺したことで、その研究室の一室に隔離されていた。研究所を訪れた犀川と萌絵は四季の部屋でウエディングドレスをまとい、手足が切断された上ロボットに固定された四季の死体を見る。その後、研究所所長である新藤清二も屋上で刺殺体となって発見されるのだが……。

インターネットやコンピュータ・ネットワークが世間 にまだあまり認知されていない時代に書かれた作品だが、コンピューター・プログラムが鍵を握る理系本格ミステリーである。孤島の研究所で起こった密室殺人の謎に挑んでほしい。

第 1 屆梅菲斯特獎得獎作品。2002 年改編成漫畫、PS 遊戲，2014 年由武井咲主演拍成電視劇，2015 年也改編為電視動畫。

國立 N 大學工學部建築學科助理教授犀川創平，和恩師的女兒——一年級的西之園萌繪、研究室的成員們一同前往愛知縣的妃真加島。妃真加島上有個真賀田研究所，一群優秀的研究人員們在該地進行研究。天才程序設計師真賀田四季博士因過去殺害了自己的父母，而被隔離在研究所內的房間。前往研究所拜訪的犀川和萌繪，在四季的房間裡看到了穿著婚紗、手腳遭人切斷的四季屍體，被固定在機器人身上。在那之後，研究所所長新藤清二也遭人刺殺，被人發現陳屍在屋頂上……

本作雖在人們對互聯網、網際網路還不太熟悉的時代寫成，關鍵卻在電腦、程式中，是一部理系本格推理。希望讀者能挑戰看看在孤島研究所中發生的密室殺人之謎。

# 作者　森博嗣　<small>もりひろし</small>　森博嗣（1957 年 12 月 7 日～）

　　愛知県に生まれ、名古屋大学工学部建築学科へ進学する。同大学修士課程修了後、三重大学工学部の助手として採用され[3]、その後 31 歳のとき、母校の名古屋大学助教授となる。1990 年には名古屋大学から工学博士を取得した。1995 年に処女作『冷たい密室と博士たち』を一週間で書き上げ、翌年『すべてが F になる』で第 1 回メフィスト賞を受賞し、小説家デビューした。

　　鉄道模型、飛行機模型、音響装置、自動車など多趣味である。妻はイラストレーターのささきすばるで、森の作品の挿絵も担当している。同時期にデビューした京極夏彦やよしもとばななと交流がある。

　　作風は森自身が工学博士であることと、作品の中に科学・工学分野に関する専門的な内容が多く登場することから、「理系ミステリ」とも評されている。現在は作家を引退した、と明言している。

　　出生於愛知縣，進入名古屋大學工學部建築學科就讀。同校修士課程修畢後，被三重大學工學部錄用成為助手，31 歲時回到母校名古屋大學擔任助理教授，1990 年取得名古屋大學工學博士學位。1995 年花費一週寫完處女作《冰冷密室與博士們》，隔年以《全部成為 F》獲第 1 屆梅菲斯特獎，以小說家出道。

　　興趣廣泛，如鐵道模型、飛機模型、音響設備、腳踏車等。妻子為插畫家佐佐木昴，也曾擔任森的作品插畫。與同期出道的京極夏彥和吉本芭娜娜有來往。

　　文風方面，由於森本身就是工學博士，作品中有許多與科學、工學領域相關的專業內容，被評為「理系推理」。現在他已公開聲明作家引退。

 ## 獲獎經歷

1989 年　獲日本建築學會獎勵獎

1990 年　獲日本混凝土工學協會獎

1988 年　獲水泥協會論文獎

1989 年　獲日本建築學會東海獎

1990 年　獲日本材料學會論文獎

1996 年　すべてが F になる（全部成為 F）　獲第 1 屆梅菲斯特獎

---

**名詞＋とともに　和～一起**

1. まとう　**穿著**　穿在身上。穿著衣服等。
2. 世間　**人們**　從佛教用語而來。社會、世間，或是指社會上的人們。
3. 採用する　**錄用**　公司等團體僱用員工。或是指從好幾個意見和方法中，採納一個最適合的來使用。

新本格派

# 55

# 七回死んだ男

● 077

## 死了七次的男人
（1995 年講談社 novels ／ 1998 年、2017 年講談社文庫）

ビル・マーレイ主演のアメリカ映画『恋はデ・ジャブ（原題：Groundhog Day）』にインスパイアされた作品で、ループ型タイムトラベル設定のSF本格ミステリーである。

現在高校一年生である大庭久太郎は特異体質の持ち主である。ときに同じ日が何度も繰り返される「反復落とし穴」に陥ってしまうのだ。この「落とし穴」には規則性があり、夜中の 12 時から次の夜中の 12 時まで、まる[1]24 時間が 9 日間、つまり 9 周り繰り返される。久太郎以外の人間は毎回同じ言動を繰り返すが、久太郎が前回と違う行動をとることによって相手の言動を意図的に変えることができる。正月、資産家の祖父、渕上零治郎の家に親族が一堂に会し[2]、渕上家の後継者を決めることになるが、二日目の 1 月 2 日が「落とし穴」に落ちて繰り返される。久太郎が 1 周目とは違う行動を

とったことから、2 周目の 1 月 2 日に祖父が何者かに殺されてしまう。祖父の死を防ごうと、あの手この手で[3]奮闘する久太郎であったが……。

因比爾・莫瑞（Bill Murray）主演的美國電影《今天暫時停止（原文：Groundhog Day）》而受到啟發的作品，設定為時間迴圈的時光旅行 SF 本格推理小說。

就讀高中一年級的大庭久太郎擁有特殊的體質，有時他會掉入「反覆陷阱」中，同一天重複好幾遍。這個「陷阱」是有規律的，會從晚上 12 點到隔天晚上 12 點，重複整整 9 天的 24 小時，也就是同個日子重複 9 次。久太郎以外的人每次都會重複同樣的言行舉止，但久太郎可以採取和前次不同的行為，蓄意改變對方的言行。久太郎的祖父渕上零治郎是名資產家，過年時，家族成員在祖父家齊聚一堂，決定渕上家的繼承人，然而，第二天 1 月 2 日他卻掉入了「陷阱」裡，不斷重演同一天。由於久太郎採取了和第一輪不一樣的行動，導致祖父在第二輪的 1 月 2 日遭到某人殺害。為了阻止祖父的死亡，久太郎使出渾身解數奮力一戰……

# 作者 西澤保彦 <ruby>西<rt></rt>澤<rt></rt>保<rt></rt>彦<rt></rt></ruby>（1960 年 12 月 25 日～）

<ruby>高知県<rt>こうちけん</rt></ruby><ruby>安芸市<rt>あきし</rt></ruby>に<ruby>生<rt></rt></ruby>まれ、<ruby>現在<rt>げんざい</rt></ruby>も<ruby>高知県<rt>こうちけんこう</rt></ruby><ruby>高知市<rt>ちしす</rt></ruby>に<ruby>住<rt></rt></ruby>んでいる。<ruby>米国私立<rt>べいこくしりつ</rt></ruby>エカード<ruby>大学<rt>だいがく</rt></ruby><ruby>創作法専修<rt>そうさくほうせんしゅう</rt></ruby>を<ruby>卒業<rt>そつぎょう</rt></ruby>してから<ruby>帰国<rt>きこく</rt></ruby>し、<ruby>高知大学経済学部<rt>こうちだいがくけいざいがくぶ</rt></ruby><ruby>教務助手<rt>きょうむじょしゅ</rt></ruby>や<ruby>高校講師<rt>こうこうこうし</rt></ruby>などを<ruby>勤<rt>つと</rt></ruby>める<ruby>傍<rt>かたわ</rt></ruby>ら<ruby>小説<rt>しょうせつ</rt></ruby>を<ruby>執筆<rt>しっぴつ</rt></ruby>し、<ruby>乱歩賞<rt>らんぽしょう</rt></ruby>などに<ruby>投稿<rt>とうこう</rt></ruby>していた。1990 年に「<ruby>聯殺<rt>れんさつ</rt></ruby>」が<ruby>鮎川哲也賞<rt>あゆかわてつやしょう</rt></ruby>の<ruby>最終候補<rt>さいしゅうこうほ</rt></ruby>に<ruby>残<rt>のこ</rt></ruby>り、<ruby>受賞<rt>じゅしょう</rt></ruby>パーティーで<ruby>島田荘司<rt>しまだそうじ</rt></ruby>を<ruby>紹介<rt>しょうかい</rt></ruby>された。1992 年に<ruby>退職<rt>たいしょく</rt></ruby>し『<ruby>解体諸因<rt>かいたいしょいん</rt></ruby>』を<ruby>島田荘司<rt>しまだそうじ</rt></ruby>に<ruby>送<rt>おく</rt></ruby>ったところ、<ruby>講談社<rt>こうだんしゃ</rt></ruby>の<ruby>編集者<rt>へんしゅうしゃ</rt></ruby>の<ruby>元<rt>もと</rt></ruby>に<ruby>渡<rt>わた</rt></ruby>り、1995 年に<ruby>小説家<rt>しょうせつか</rt></ruby>デビューした。

SF 的<ruby>設定<rt>エスエフてきせってい</rt></ruby>を<ruby>前提<rt>ぜんてい</rt></ruby>としながらも<ruby>論理的<rt>ろんりてき</rt></ruby>に<ruby>緻密<rt>ちみつ</rt></ruby>に<ruby>謎解<rt>なぞと</rt></ruby>きをする「SF <ruby>新本格<rt>エスエフしんほんかく</rt></ruby>ミステリー」と<ruby>呼<rt>よ</rt></ruby>ばれる<ruby>作品<rt>さくひん</rt></ruby>が<ruby>多数発表<rt>たすうはっぴょう</rt></ruby>されている。

<ruby>登場人物<rt>とうじょうじんぶつ</rt></ruby>に<ruby>奇妙<rt>きみょう</rt></ruby>な<ruby>名前<rt>なまえ</rt></ruby>をつけるネーミングセンスと、<ruby>細<rt>こま</rt></ruby>かい<ruby>心理描写<rt>しんりびょうしゃ</rt></ruby>に<ruby>作者<rt>さくしゃ</rt></ruby>のこだわりが<ruby>見<rt>み</rt></ruby>られる。

出生於高知縣安藝市，現居高知縣高知市。從美國私立艾克大學創作法專科畢業後回到日本，一面擔任高知大學經濟學部的助教、高中講師等，一面寫小說，曾投稿亂步獎等獎項。1990 年以《聯殺》入選鮎川哲也獎的最終選拔，在頒獎典禮上被介紹給島田莊司。1992 年離職，將《解體諸因》寄給島田莊司後，稿子被轉交給講談社的編輯，1995 年以小說家出道。

以 SF 設定為前提、但具有周密的邏輯性解謎者稱為「SF 新本格推理」，他發表了許多這類作品。可以從作者為登場人物取奇特名字的品味，和細膩的心理描寫中，看出他對作品的堅持。

 ## 獲獎經歷

2002 年 <ruby>両性具有迷宮<rt>りょうせいぐゆうめいきゅう</rt></ruby>（兩性具有迷宮，暫譯） 獲第 2 屆 Sense of Gender 獎（國內部）特別獎

---

名詞＋を<ruby>前提<rt>ぜんてい</rt></ruby>として　以～為前提　在～的思考點上、在～的規則上

1. まる　整整　接頭詞。接數量詞，指其數量的全部。
2. <ruby>一堂<rt>いちどう</rt></ruby>に<ruby>会<rt>かい</rt></ruby>する　齊聚一堂　在同個地方集合。
3. あの<ruby>手<rt>て</rt></ruby>この<ruby>手<rt>て</rt></ruby>で　使出渾身解數　用各種手段、方法。

新本格派

# 56 葉桜の季節に君を想うということ

● 078

櫻樹抽芽時，想你
（2003 年文藝春秋／ 2007 年文春文庫）

　　第 57 回日本推理作家協会賞、第 4 回本格ミステリ大賞を受賞し、「このミステリーがすごい！」第 1 位、「本格ミステリベスト 10」第 1 位、「週刊文春推理小説ベスト 10」第 2 位を獲得した。映像化不可、書籍だからこそ味わえる[1]衝撃の結末を楽しんでほしい。

　　「何でも屋」ならぬ「何でもやってやろう屋」を自称している成瀬将虎は、後輩の芹澤清から、彼が密かに想いを寄せる久高愛子の相談に乗ってほしいと頼まれる。愛子は、ひき逃げに遭い亡くなった身内が悪徳商法業者「蓬莱倶楽部」によって保険金詐欺の犠牲になったのではないかと言う。そんな折、将虎は地下鉄に飛び込み自殺

しようとした麻宮さくらという女性を助け、それがきっかけで、彼女と何度かデートを重ねる仲になるが……。

　　獲第 57 屆日本推理作家協會獎、第 4 屆本格推理大獎、「這本推理小説真厲害！」第 1 名、「本格推理小説 BEST 10」第 1 名、「週刊文春推理小説 BEST 10」第 2 名。希望讀者能享受影視作品所無法呈現、唯有書本才能體會到的衝擊性結局。

　　成瀬將虎自稱不是「什麼都能幹的萬事通」，而是「什麼都想試試看的萬事通」，他的後輩芹澤清拜託他，聽聽清暗戀的對象──久高愛子的煩惱。愛子説，家人因為肇事逃逸事故而過世，她懷疑是因惡劣經商業者「蓬萊倶樂部」詐欺保險金才犧牲的。

　　就在那時，將虎在地下鐵救了一位打算臥軌自殺的女性麻宮櫻，以此為契機，兩人便常常約會……

# 作者　歌野晶午　歌野晶午（1961年～）

千葉県出身。東京農工大学農学部を卒業後、編集プロダクションで働きながら、小説を執筆していた。島田荘司の推薦により、1988年に『長い家の殺人』でデビューした。本名は歌野博史で、ペンネームの「晶午」は島田が考案したものである。

幼少期は江戸川乱歩、アガサ・クリスティーなど国内外の推理小説や推理クイズの本を読んで、トリックの面白さに目覚めた[2]という。

巧妙で大胆なトリックや驚愕の結末など、読者を驚かせる仕掛け[3]が用意されている作品が多い。

千葉縣出身。東京農工大學農學部畢業後，一邊在編輯製作公司工作，一邊寫小說。透過島田莊司的推薦，1988年以《長家的殺人（暫譯）》出道。本名為歌野博史，筆名「晶午」是島田所想的名字。

據說他因為年幼時閱讀江戶川亂步、阿嘉莎‧克莉絲蒂等國內外的推理小說和推理猜謎書，才發現了詭計的趣味之處。

他的作品中設計了很多巧妙大膽的詭計和驚愕的結局等橋段，讓讀者驚艷。

## 獲獎經歷

2004年　葉桜の季節に君を想うということ（櫻樹抽芽時，想你）　獲第57屆日本推理作家協會獎（長篇暨系列短篇部）、第4屆本格推理大獎（小說部）、這本推理小說真厲害！第1名、本格推理小說 BEST 10 第1名

2010年　密室殺人ゲーム2.0（密室殺人遊戲2.0）　獲第10屆本格推理大獎（小說部）、本格推理小說 BEST 10 第1名

---

名詞1＋ならぬ＋名詞2　不是1而是2　「～ぬ」是「～ず」的變化，後接名詞。

動詞‧イ形容詞普通形／ナ形容詞‧名詞＋折（に）　～的時候、～的機會

1. 味わう　**體會**　品嘗食物的味道。或指感受事物的深層含義、美好之處。
2. 目覚める　**覺醒**　睡醒。或指啟發潛在的感受、知覺和本能等。
3. 仕掛け　**橋段**　為了某目的而精心設計的事物。

# 57

# 姑獲鳥の夏

▲《姑獲鳥之夏》中文版
（獨步文化出版提供）

● 079

姑獲鳥之夏
（1994 年講談社／ 1998 年講談社文庫）

恐怖派

「この世には不思議なことなど何もないのだよ」。古本屋にして陰陽師である「京極堂」こと[1]中禅寺秋彦が憑き物を落とし事件を解決する「百鬼夜行シリーズ」第一弾。2005 年に堤真一主演で映画化、2013 年に志水アキ作画で漫画化された。

昭和 20 年代の東京。夏。小説家の関口巽は、古くからの友人である中禅寺秋彦の家を訪ねた。久遠寺医院の奇怪な噂について、彼なら真相を解き明かすことができるのではないかと考えたのだ。その噂とは、院長の娘、久遠寺梗子が 20 か月もの間子供を身ごもったままだというものであった。さらに梗子の夫である牧朗も密室から失踪したという。超能力探偵、榎木津礼二郎や京極堂の妹で新聞記者の中禅寺敦子、刑事の木場修太郎らを巻き込みながら事態は展開し、やがて意外な結末にたどりつく[2]。

「這個世界上沒有什麼不可思議的事。」在二手書店工作並身兼陰陽師，人稱「京極堂」的中禪寺秋彥斬妖除魔、解決事件的《百鬼夜行系列》第一彈。2005 年由堤真一主演拍成電影，2013 年由志水明改編成漫畫。

昭和 20 年代的東京，夏天。小說家關口巽到老友中禪寺秋彥家拜訪。關口認為，中禪寺應該可以解開關於久遠寺醫院奇怪傳聞的真相。據傳，醫院院長的女兒久遠寺梗子懷胎 20 個月，至今仍未生產。此外，梗子的丈夫牧朗也從密室裡失蹤了。超能力偵探榎木津禮二郎、擔任新聞記者的京極堂妹妹中禪寺敦子、刑警木場修太郎等人被捲入事件中，最後迎來意想不到的結局。

作者 **京極夏彦**　京極夏彦（1963 年 3 月 26 日～）

北海道小樽市出身。アートディレクターとして広告代理店に勤務したが、体調不良のため退社し、小さなデザイン会社を設立

した。しかし、バブル崩壊後の不景気のため仕事がなく、暇つぶし[3]に『姑獲鳥の夏』を執筆し、講談社ノベルスに持ち込んだと

ころ、すぐに発売が決定した（それが「メフィスト賞」創設につながるため、京極夏彦を「第0回メフィスト賞受賞者」とすることがある）。小説家以外にも、『ゲゲゲの鬼太郎』において脚本、キャラクター・デザイン、声優を担当したり、『巷説百物語』のテレビアニメ版では声優として京極亭役を演じたりしている。『姑獲鳥の夏』が映画化された際には水木しげる役として出演した。また、デザイナーとしても綾辻行人の『眼球綺譚』や『フリークス』でカバー・デザインも担当しているほか、世界妖怪協会代表代行、お化け大学校・水木しげる学部教授としても活動している。

作風は、推理小説でありながらも「妖怪小説」とも呼ばれるように、独特の世界観がある。また、本のページ数が極めて[4]多く、分厚いことから「レンガ本」とも称される。宮部みゆきと親交が深い。

出生於北海道小樽市。曾在廣告代理商擔任藝術總監，但因身體不適辭職，自己開了一家小型設計公司。泡沫經濟破滅後，由於經濟不景氣，沒有生意，為打發時間而撰寫《姑獲鳥之夏》，沒想到稿子一交給講談社 Novels，很快就決定要上市了（因此事關連到梅菲斯特獎的創設，京極夏彦也被視為是「第0屆梅菲斯特得獎者」）。除了小說家的身分外，他也寫過《鬼太郎》的劇本、做過角色設計、還擔任過聲優，於《巷說百物語》的電視動畫中負責京極亭的配音。在《姑獲鳥之夏》拍成電影時，他也演出了水木茂一角。此外，作為設計師，他曾為綾辻行人的作品《眼球特別料理》和《怪胎》設計封面，目前擔任世界妖怪協會代表代行、妖怪大學水木茂學部教授。

作品風格雖是推理小說，但也被稱為「妖怪小說」，具有獨特的世界觀。此外，因作品頁數極多、相當厚重，被稱作「磚頭書」。和宮部美幸有深交。

 ## 獲獎經歷

1996 年　魍魎の匣（魍魎之匣）　獲第 49 屆日本推理作家協會獎（長篇部）

1997 年　嗤う伊右衛門（嗤笑伊右衛門）　獲第 25 屆泉鏡花文學獎

1997 年　鉄鼠の檻（鐵鼠之檻）獲本格推理小說 BEST10 第 1 名

2000 年　獲第 8 屆桑澤獎（桑澤設計研究所所辦的獎項）

2002 年　覘き小平次（偷窺狂小平次，暫譯）　獲第 16 屆山本周五郎獎

2003 年　後巷説百物語（後巷説百物語）　獲第 130 屆直木三十五獎

2011 年　西巷説百物語（西巷説百物語）　獲第 24 屆柴田錬三郎獎

2016 年　獲遠野文化獎

---

名詞 1＋にして＋名詞 2　既是〜、也是〜。

1. （通称）こと（本名）　也就是　（通稱）也就是（本名）

2. たどりつく　迎來　辛苦了很久後抵達目的地。

3. 暇つぶし　打發時間　「暇をつぶす」的名詞化。找個適當方法消磨空閒時間。

4. 極めて　極　最大限度的。非常的。

# 58 悪の教典

恐怖派

● 080

**惡之教典**

（2010 年文藝春秋／ 2011 年文藝春秋 novels ／ 2012 年文春文庫）

　ノベルス版と文庫本には単行本未収録書き下ろしの掌編「秘密」「アクノキョウテン」が追加収録されている。2012年には烏山英司作画で漫画化、また伊藤英明主演で映画化（R15+ 指定）された。

　東京都にある私立晨光学院町田高校に勤める英語教師、蓮実聖司は爽やかなルックス[1]と頭のよさで、同僚や生徒達からの人気を得ていた。が、実はその裏の顔は他者への共感能力が欠落したサイコパスで、幼少期から自分に都合の悪い人間を次々と殺害してきたのであった。蓮実が担任[2]を務める2年4組の学生たちが文化祭の準備のために学校に泊り込んでいる夜、生徒全員を皆殺しにする決意を固める。「モリタート」の口笛を吹きながら殺人を重ねていく蓮実。生き残れる生徒はいるのか。

　小説版和文庫本中收錄了單行本中沒有的新短篇「秘密」與「惡之教典」。2012年由烏山英司改編成漫畫，並由伊藤英明主演拍成電影（R15 輔導級）。

　在東京都私立晨光學院町田高中任職的英語老師蓮實聖司，是一位外貌清爽、頭腦聰明的人，在同事與學生間都相當受歡迎。然而，他背地裡其實是個無法對他人感同身受的精神病患，自幼起便持續殺害對自己不利的人。某天晚上，蓮實帶領的2年4班學生們為了準備文化祭留在學校過夜，他決定要把班上所有的同學都殺死。蓮實一邊吹口哨哼著「Moritat」，一邊反覆殺人。究竟有沒有學生能存活下來呢？

# 作者　貴志祐介 （きしゆうすけ）　貴志祐介　（1959年1月3日～）

大阪府大阪市に生まれ、現在は兵庫県西宮市在住。京都大学経済学部を卒業後、朝日生命保険に入社した。幼少の頃から読書家だった上、小説の投稿も大学4年のときには始めていたという。1986年に「岸祐介」名義で応募した短編作品「凍った嘴」（後の『新世界より』の原点）がハヤカワ・SFコンテストで佳作入選する。30歳のときに同僚の事故死をきっかけとして退職し、執筆に専念するようになる。1996年に『ISOLA』（後に『十三番目の人格 ISOLA』と改題）で日本ホラー小説大賞佳作を受賞し、小説家デビューした。

ホラー作品に定評があるが、それ以外にも、「鍵のかかった部屋」のタイトルでドラマ化された『硝子のハンマー』をはじめとする「防犯探偵・榎本シリーズ」のような本格ミステリーも手がけて[3]いる。

出生於大阪府大阪市，現居兵庫縣西宮市。從京都大學經濟部畢業後，進入朝日生命保險工作。從小便喜愛閱讀，大學四年級時開始投稿小説。1986年以「岸祐介」的名義投稿了短篇作品《冰冷的嘴》（之後的《來自新世界》原型），獲早川SF競賽佳作。30歲時由於同事發生意外過世，決定辭職專心寫作。1996年以《ISOLA》（後來改名為《第十三個人格—— ISOLA》）獲日本恐怖小説大獎佳作，出道成為小説家。

他的恐怖小説作品獲得世人好評，此外，以《上鎖的房間》之名拍成電視劇的《玻璃之鎚》為代表，他也著手撰寫像《防盜偵探・榎本系列》這類的本格推理小説。

 ## 獲獎經歷

1986年 凍った嘴（冰冷的嘴）　獲第12屆早川SF競賽佳作

1996年 ISOLA（ISOLA）　獲第3屆日本恐怖小説大獎佳作

1997年 黒い家（黑暗之家）　獲第4屆日本恐怖小説大獎

2005年 硝子のハンマー（玻璃之槌）　獲第58屆日本推理作家協會獎（長篇及系列短篇集部）

2008年 新世界より（來自新世界）　獲第29屆日本SF大獎

2010年 悪の教典（惡之教典）　獲第1屆山田風太郎獎、這本推理小説真厲害！第1名

2011年 ダークゾーン（闇黑孤島）　獲第23屆將棋國際筆會大獎特別獎

---

名詞＋をきっかけとして、～　以…為契機～　因偶然間發生的某件事，開始或結束做～。

1. ルックス　外貌　容姿、容貌、外表。

2. 担任（たんにん）　班導師　指在學校負責帶領某班級的老師。

3. 手がける（て）　著手　自己做某件事物。

# 59

## ズー
# ZOO

081

ZOO
（2003 年集英社／ 2006 年集英社文庫）

▲《ZOO》中文版（獨步文化出版提供）

単行本版には 10 話の短編作品が収録されていたが、文庫版は 5 話ずつ『ＺＯＯ1』と『ＺＯＯ2』に分けられている。『ＺＯＯ1』に収録されている「カザリとヨーコ」「SEVEN ROOMS」「SO-far　そ・ふぁー」「陽だまりの詩」「ZOO」の 5 話は 2005 年に映画化されている。2006 年には矢也晶久作画で漫画化もされた。残酷な描写が多い中にも人間愛について考えさせられる奥の深い[1]一冊である。

## 「SEVEN ROOMS」

「ぼく」と姉は誰かに拉致され、窓もないコンクリートでできた四角い部屋に閉じ込められた。鉄の扉はどんなに力を入れてたたこうとも、びくともしない[2]。部屋の床には幅 50 センチ、深さ 30 センチほどの溝があり、異様な臭いの白濁した水が流れていた。小学生で体が小さい「ぼく」がその溝を通って調べてみると、同じような部屋が全部で 7 つあり、それぞれに女の人が一人ずつ閉じ込められていることがわかる。7 番目の部屋にいた女性は「毎日午後 6 時になると、この溝を死体が流れていく」と言うのだが……。

單行本版本中收錄了 10 篇短篇故事，文庫版則分成了《ZOO1》和《ZOO2》，各收錄 5 篇。《ZOO1》中收錄的 5 篇〈小飾與陽子〉、〈SEVEN ROOMS〉、〈SO-far〉、〈向陽之詩〉、〈ZOO〉在 2005 年拍成電影，2006 年由矢也晶久作畫改編成漫畫。在諸多殘酷的描寫中，同時能讓讀者思考人類之愛，是一本深奧的小説。

## 〈SEVEN ROOMS〉

「我」和姐姐遭到某人綁架，被禁閉在沒有窗戶、用水泥建成的方形房間中。無論怎麼使勁拍打鐵門，門依舊一動也不動。房間的地板上有一條約寬 50 公分、深度 30 公分的水溝，裡面流有白而混濁的水，散發怪異惡臭。身材瘦小的小學生「我」試著穿過那條水溝調查後，發現總共有 7 間一樣的房間，每間房間中都各有一個女人被關在裡面。關在第 7 間屋子的女性説「每天一到傍晚 6 點，就會有屍體從這條下水道流過」……

# 作者　乙一　乙一（1978年10月21日〜）

福岡県田主丸町（現、久留米市）出身。豊橋技術科学大学工学部に入学し、ＳＦ研究会に所属していた。幼少期はゲームに没頭していたが、高専時代にライトノベルを読み始め、そこから島田荘司や綾辻行人などの推理小説にも出会う。16歳のときに書いた『夏と花火と私の死体』が第6回ジャンプ小説大賞を受賞し、17歳で作家デビューした。

本名は安達寛高という。「乙一」というペンネーム以外に「山白朝子」「中田永一」という別名義でも小説を執筆している。また、本名で自主映画の制作も行っている。趣味はアニメ、漫画、ゲーム、映画で、特にスタジオジブリと藤子・Ｆ・不二雄のファンである。

作風はホラー小説と切ない[3]ハートフルストーリーに大きく分けられ、ホラー寄りのものは「黒乙一」、ハートフルなものは「白乙一」と呼ばれている。

出生於福岡縣田主丸町（今久留米市）。進入豐橋技術科學大學工學部時，曾參加過 SF 研究社。年幼時沉迷於電玩，高專時開始閱讀輕小說，在那之後也邂逅了島田莊司和綾辻行人等人的推理小說。16 歲時寫的《夏天、煙火、我的屍體》獲第 6 屆 JUMP 小說大獎，17 歲以作家出道。

本名為安達寬高。除了筆名「乙一」外，也用其他名義「山白朝子」、「中田永一」寫小說。此外，也用本名製作獨立電影。興趣是動畫、漫畫、電玩和電影，更是吉卜力工作室和藤子・Ｆ・不二雄的影迷。

作品風格大致分為恐怖小說和哀傷溫馨的故事，恐怖小說被稱為「黑乙一」，溫馨的故事則被稱為「白乙一」。

## 獲獎經歷

1996 年　夏と花火と私の死体（夏天、煙火、我的屍體）　獲第 6 屆 JUMP 小說大獎

2003 年　GOTH リストカット事件（GOTH 斷掌事件）　獲第 3 屆本格推理大獎

2007 年　銃とチョコレート（槍與巧克力）　獲第 23 屆宇都宮兒童獎

2012 年　くちびるに歌を（再會吧！青春小鳥）（中田永一名義）　獲第 61 屆小學館兒童出版文化獎、第 9 屆書店大獎第 4 名

---

疑問詞　＋　動詞意向形／イ形容詞ーいかろう／ナ形容詞・名詞ーだろう（であろう）　とも〜　無論怎麼〜也〜

1. 奥が深い　深奥　能感受到事物的深意。

2. びくともしない　動也不動　完全不動。

3. 切ない　悲痛　因悲傷或思慕，胸口彷彿被緊緊揪住一般。

# 60 六番目の小夜子

（ろく ばん め）
（さ よ こ）

○ 082

第六個小夜子
（1992 年新潮文庫／ 1998 年、2001 年新潮社）

作者のデビュー作。2000 年にＮＨＫでドラマ化された。ドラマ版では舞台が高校ではなく中学校であるほか、小説にないキャラクターも登場する。

花宮雅子、唐沢由紀夫、関根秋たちが通う高校には「サヨコ伝説」なるものがあった。3 年ごとに¹選ばれる『サヨコ』は、まず、4 月の始業式の朝、自分の教室に赤い花を生けなければならない。それから、学園祭で上演する芝居²の台本を書かなければならない。そして、誰にも自分が『サヨコ』であることを悟られることなく 1 年間やりとげれば、その年は縁起がよく、その年の『サヨコ』は勝ったことになる、というものだ。「六番目のサヨコ」が選ばれる今年、3 年 10 組に津村沙世子という転校生がやってきた。手足が長く、ストレートの黒髪に色白の肌、美しく謎めいた沙世子とはいったい何者なのか。

作者的出道作，2000 年由 NHK 電視台拍成電視劇。電視劇版不僅把故事舞台從高中改成了國中，劇裡也出現了小說裡沒有的角色。

花宮雅子、唐澤由紀夫、關根秋等人就讀的高中有個「小夜子傳說」。每隔三年，被選為「小夜子」的學生，必須要在 4 月開學典禮的早晨，在自己教室中插上一朵紅花，還須撰寫學園祭上要演出的話劇劇本。然後，只要 1 年內都沒有被任何人發現自己是「小夜子」，那一年就會發生好運，當年度的「小夜子」也就贏得了勝利。今年將選出「第六個小夜子」，就在此時，3 年 10 班轉來了一名名為津村沙世子的學生。她手長腳長，有一頭烏黑的直髮，皮膚白皙。這個美麗又充滿謎團的沙世子，究竟是何方神聖？

# 作者 恩田陸 <ruby>恩田陸<rt>おんだりく</rt></ruby> 恩田陸（1964 年 10 月 25 日〜）

本名は熊谷奈苗。青森県青森市に生まれるが、その後、名古屋、長野、富山、秋田、仙台、茨城と引越しを重ねた。本籍は仙台市にあるため、プロフィール[3]上は仙台市出身となっている。早稲田大学教育学部卒業後は生命保険会社で働くが 4 年で退職し、退職後に書いた『六番目の小夜子』が第 3 回日本ファンタジーノベル大賞最終候補作となり、1992 年の刊行をもって作家デビューをした。

ミステリー、ＳＦ、ホラー、青春小説と、ジャンルの枠にとらわれず[4]、幅広く執筆している。郷愁を誘う情景描写が巧みで「ノスタルジアの魔術師」と称される。

本名熊谷奈苗。出生於青森縣青森市，後來多次搬家，曾在名古屋、長野、富山、秋田、仙台以及茨城居住過。原籍在仙台市，故簡歷上寫出身仙台市。從早稻田大學教育學部畢業後，在生命保險公司工作了四年，離職後撰寫的《第六個小夜子》進入第 3 屆日本奇幻小說大獎最終候選，在 1992 年出版，以作家出道。

她不侷限於推理、科幻、恐怖或是青春小說這些類型的框架中，寫作題材廣泛。擅長描寫引起鄉愁的情景，被稱為「鄉愁的魔術師」。

 獲獎經歷

2004 年　夜のピクニック（夜間遠足）　獲第 26 屆吉川英治文學新人獎、第 2 屆書店大獎

2006 年　ユージニア（尤金尼亞之謎）　獲第 59 屆日本推理作家協會獎（長篇暨系列短篇集部）

2007 年　中庭の出来事（中庭殺人事件）　獲第 20 屆山本周五郎獎

2017 年　蜜蜂と遠雷（蜜蜂與遠雷）　獲第 156 屆直木三十五獎、第 14 屆書店大獎

---

動詞辭書形＋ことなく　都沒有〜

1. 〜ごとに　每〜　每〜、每隔〜。

2. 芝居　話劇　戲劇。以前老百姓會坐在草地上看技藝表演，因而產生的詞彙。

3. プロフィール　簡歷　從法語 profil 而來。人物介紹、人物簡歷。

4. 〜にとらわれる　侷限於〜　受到拘束而無法自由表現。拘泥。

# 61 かがみの孤城

⬤ 083

鏡之孤城
（2017 年 POPLAR 社）

第 15 回本屋大賞受賞作品。生き辛さを感じている全ての人たちに贈る物語。子供の目線からだけでなく、大人の目線でも共感できるファンタジー・ミステリーの傑作である。

中学一年生の安西こころは学校に行けない。入学早々、クラスメイトの真田さんに嫌がらせをされた[1]からだ。ある日、いつものように自分の部屋に引きこもっていると、突然部屋の鏡が光り出した。手を差し出すと、なんと鏡の向こう側に引き込まれてしまう。そこには、ファンタジーの世界のような城があり、狼の面をつけた少女がいた。そして城の中には、こころ以外に中学生の男女が6人いた。アキ、スバル、リオン、マサムネ、フウカ、ウレシノ。彼らもこころと同じく[2]学校に行けない子供たちだった。狼面の少女は言う。「この城には願いをかなえる"願いの部屋"がある。おまえたちにはその"願いの部屋"の鍵探しをしてもらう。」7人の中学生は互いに少しずつ心を通わせながら、願いの鍵を探す。

第 15 屆書店大獎得獎作品，一部給所有感到生活艱辛之人的故事。不僅從孩子的視角、以大人視角看了也能有所共鳴的奇幻推理小說傑作。

中學一年級的安西心是個不上學的孩子，原因在於她才一入學，班上的真田同學就做了讓她不愉快的事。有天，她像往常一樣把自己關在房間裡，突然從鏡子裡發出了一道光芒。她一伸出手，就被拉進了鏡子裡的世界。在那裡，有一座像是奇幻故事的那種城堡，以及一位戴著狼面具的少女。此外，城堡裡除了心以外，還有其他六名中學男女。他們分別叫做小晶、昂、理音、政宗、風歌和嬉野。他們和心一樣，都是沒去上學的孩子。狼面少女說：「這座城堡裡有一間能夠實現心願的『願望之屋』。我要你們找到那把『願望之屋』的鑰匙。」7 名中學生在尋找那把願望鑰匙的同時，也逐漸向彼此敞開心扉。

# 作者　辻村深月（つじむらみづき）　辻村深月（1980 年 2 月 29 日〜）

山梨県に生まれる。幼少期から読書好きで、「シャーロック・ホームズシリーズ」などのミステリーを読んでいた。小学六年生のときに綾辻行人の『十角館の殺人』を読み、大ファンとなり、綾辻本人と手紙を交わす間柄[3]となった。ペンネームの「辻村」の「辻」も綾辻の名前から、「深月」も綾辻の『霧越邸殺人事件』の登場人物から取られたものである。千葉大学教育学部に進学し、在学中に書き上げた『冷たい校舎の時は止まる』が、2004 年メフィスト賞を受賞し小説家デビューした。

ハッピーエンドの青春小説が多く、思春期特有の微妙な心情を捉えた、透明感のある優しさあふれる文章が特徴である。作品同士で登場人物がリンクしているため、読者の間で「読む順番がある」と言われている。『凍りのくじら』で各章に『ドラえもん』のひみつ道具の名前がつけられているほか、ゲームや童話の世界観などが作品に多く登場する。

出生於山梨縣。自幼就喜好閱讀，讀過《福爾摩斯探案》等推理小說。小學六年級時讀了綾辻行人的《殺人十角館》，成為他的書迷，並和綾辻本人有著相互通信的交情。其筆名中的「辻」，也是從綾辻的名字而來，「深月」則是取自綾辻《霧越邸殺人事件》中登場的角色名。進入千葉大學教育學部後，在學期間寫了《時間停止的冰封校舍》，2004 年榮獲梅菲斯特獎，出道成為小說家。

她的作品多是圓滿結局的青春小說，特色在於文章中掌握了青春期特有的微妙情緒，充滿著自然柔和的溫柔。她各個作品中登場的人物都有關聯性，故讀者都說她的作品「有一定的閱讀順序」。《冰凍鯨魚》中各章皆用《哆啦A夢》的秘密道具來命名，其他作品中也常出現電玩或是童話世界觀。

 ## 獲獎經歷

2004 年　冷たい校舎の時は止まる（時間停止的冰封校舍）　獲第 31 屆梅菲斯特獎

2011 年　ツナグ（使者）　獲第 32 屆吉川英治文學新人獎

2012 年　鍵のない夢を見る（沒有鑰匙的夢）　獲第 147 屆直木三十五獎

2018 年　かがみの孤城（鏡之孤城）　獲第 15 屆書店大獎

---

名詞＋早々　一〜就〜　才變成某個狀態，馬上就〜

1. 嫌がらせをする　做讓人不愉快的事　做出、說出讓對方討厭的事，使人感到困擾。

2. 同じく　一樣　和……一樣。

3. 間柄　交情　親屬等的連繫關係，或指因交際產生的人與人關係。

# 62 氷菓

©TASKOHNA 2012
©Honobu Yonezawa／KADOKAWA SHOTEN CO.,LTD.
©Honobu Yonezawa・KADOKAWA SHOTEN CO.,LTD.／
The graduates of the classic club of the Kamiyama high school
▲ 漫畫《氷菓（1）》（由台灣角川提供）

084

冰菓
（2001 年角川 Sneaker 文庫／ 2006 年角川文庫）

　米澤穂信のデビュー作。〈古典部〉シリーズ第1作で、2017 年には山崎賢人主演で映画化されている。シリーズとしては 2008 年と 2012 年に漫画化、2012 年にテレビアニメ化されている。

　神山高校 1 年生の折木奉太郎は何事にも積極的に関わろうとしない「省エネ主義」を信条としている。世界を旅する姉供恵からの手紙のとおり、古典部に入部した。部員は自分一人かと思っていたが、同じく 1 年生の千反田えるも入部していた。名家の令嬢でありながら好奇心旺盛なえると、奉太郎の親友の福部里志、里志に好意を寄せている[1]伊原摩耶花とともに、日常に潜む様々な謎を解き明かしていく。そして、古典部の文集『氷菓』に秘められた 33 年前の真実とはいかに……？

　米澤穗信的出道作，〈古籍研究社〉系列第一部作品，2017 年山崎賢人主演拍成電影。此系列在 2008 年和 2012 年改編成漫畫，2012 年改編成電視動畫。

　神山高中 1 年級的折木奉太郎對什麼事都不積極參與，秉持著「節能主義」。正在環遊世界的姐姐供惠寄給他一封信，他照著信的內容加入古籍研究社。本以為社員只有自己一個人，沒想到和他同為 1 年級的千反田愛瑠也加入了社團。奉太郎和好奇心旺盛的名門千金愛瑠、好友福部里志以及對里志懷有好感的伊原摩耶花，一同揭開藏在日常生活中的種種謎團。隱藏於古籍研究社的文集《冰菓》中，那 33 年前的真相究竟是？

# 作者 米澤穗信 米澤穗信（1978 年～）

岐阜県に生まれる。幼いころから作家を志し²、中学二年生からオリジナルの小説を書き始める。金沢大学文学部二年生頃からはウェブサイトでネット小説サイト「汎夢殿」を運営し、自身の作品を発表していた（現在米澤によるブログ「汎夢殿」は閲覧できるが、当時の作品を読むことはできない）。大学卒業後は書店員をしながら執筆を続け、2001 年『氷菓』で角川学園小説大賞奨励賞を受賞し小説家デビューした。

影響を受けた作家に北村薫を挙げているように、初期は「日常の謎」を扱った作品が多かったが、映画化もされた『インシテミル』を皮切りに、「日常の謎」や青春ミステリー以外の作品も発表されるようになった。史上初のミステリー・ランキング3冠に輝いた短編集『満願』は戦慄のミステリーで、2018 年にドラマ化もされた。

出生於岐阜縣。從小立志當一名作家，國中二年級開始寫原創小說。從就讀金澤大學文學部二年級時起就在網路上經營小說網站「汎夢殿」，發表自己的作品（現在米澤的部落格「汎夢殿」可以瀏覽，但不能瀏覽當時的小說）。大學畢業後，一邊當書店店員一邊持續寫作，2001 年以《冰菓》榮獲角川學園小說大獎獎勵獎，出道成為小說家。

受作家北村薫的影響，初期作品常使用「日常之謎」。後來以被拍成電影的《算計》為開端，也開始發表除了「日常之謎」和青春推理以外的作品。史上第一部獲推理排行榜3冠的短篇集《滿願》是令人不寒而慄的推理作品，2018 年拍成電視劇。

 **獲獎經歷**

| | | |
|---|---|---|
| 2001 年 | 氷菓（冰菓） | 獲第 5 屆角川學園小說大獎（青春推理＆恐怖部）獎勵獎 |
| 2011 年 | 折れた竜骨（折斷的龍骨） | 獲第 64 屆日本推理作家協會獎（長篇暨系列短篇集部）、本格推理小說 BEST 10 第 1 名、這本推理小說我想讀！第 1 名 |
| 2014 年 | 満願（滿願） | 獲第 27 屆山本周五郎獎、週刊文春推理小說 BEST 10 第 1 名、這本推理小說真厲害！第 1 名、這本推理小說我想讀！第 1 名 |
| 2015 年 | 王とサーカス（王與馬戲團） | 獲週刊文春推理小說 BEST 10 第 1 名、這本推理小說真厲害！第 1 名、這本推理小說我想讀！第 1 名 |
| 2016 年 | 氷菓（冰菓） | 獲角川文庫 KADOFES 杯 2016 高中生所選部第 1 名 |
| 2017 年 | 真実の 10 メートル手前³（真相的十公尺前） | 獲這本推理小說我想讀！第 1 名 |

---

**名詞＋を皮切りに** 從～開始 之後接續一連串動作、某件事情的最一開始

1. **好意を寄せる** 懷有好感 指對異性有戀愛方面的感情。
2. **志す** 立志 決心朝著心裡所定的目標邁進。
3. **手前** 前 比基準還靠近自己的一方。

# 63 空飛ぶ馬
<ruby>空<rt>そら</rt></ruby><ruby>飛<rt>と</rt></ruby>ぶ<ruby>馬<rt>うま</rt></ruby>

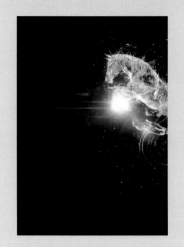

085

**空中飛馬**
（ 1989 年東京創元社／ 1994 年創元推理文庫 ）

作者のデビュー作。落語家・春桜亭円紫が謎解きをする「円紫さんシリーズ」の第一作。殺人事件などではない、日常に潜むちょっとした[1]謎を論理的に解決していく心温まる物語。また、シリーズ6作を通して主人公「私」が成長していく成長小説でもある。宮部みゆきは「私たちの日常にひそむささい[2]だけれど不可思議な謎のなかに、貴重な人生の輝きや生きてゆくことの哀しみが隠されていることを教えてくれる」と絶賛している。

大学で日本文学を学ぶ「私」は恩師の紹介で、かねてからファンであった落語家の春桜亭円紫と知り合う。ある日、円紫さん行きつけ[3]の紅茶のおいしい喫茶店へ連れて行ってもらうが、そこで奇妙な光景を目にする。離れた席に座っている女の子3人組が、紅茶に何杯も砂糖を入れ続けているのだ。彼女たちはいったい何をしているのだろうか。

作者的出道作，由落語家春櫻亭圓紫進行解謎的《圓紫先生系列》第一部作品。不是殺人事件，而是用理論來解決藏在日常生活中那些小小謎團的暖心故事。同時，這也是主角「我」經由六部系列作品逐漸成長的成長小說。宮部美幸曾大力讚賞：「它教會了我，在我們日常生活中那些微不足道卻又不可思議的謎團中，也隱藏著珍貴的人生光輝和活下去的憂愁。」

在大學修讀日本文學的「我」，透過恩師介紹結識了仰慕的落語家春櫻亭圓紫。某天，圓紫先生帶「我」去一家紅茶很好喝的咖啡廳，是他常去的店。在那裡，「我」看見了奇妙的景象。坐得有點遠的三位女孩子，在紅茶裡連續加入了好幾匙的糖。她們到底在做什麼呢？

# 作者 北村薫 <ruby>きたむらかおる</ruby>　北村薫（1949 年 12 月 28 日〜）

埼玉県出身。早稲田大学第一文学部在学中はワセダミステリクラブに所属し、東京都内の全ての古書店を回り、あらゆるミステリーを読み漁ったという。卒業後は母校である埼玉県立春日部高等学校で国語を教える傍ら、小説を執筆していた。1989 年に覆面作家として『空飛ぶ馬』で小説家デビューし、1991 年に『夜の蟬』が日本推理作家協会賞を受賞した際に、自らの素性[4]を明らかにした。「本格ミステリ作家クラブ」初代事務局長を務め、2005 年に同クラブの会長に就任した。また、同年から 1 年間早稲田大学文学学術院客員教授として教鞭を執り、2013 年には再度早稲田大学において文学学術院文化構想学部教授に着任した。

推理小説以外にも評論やエッセイも多く書いているほか、編集の分野でも活動している。推理作家、折原一との親交が深い。代表作に『スキップ』があり、直木賞候補に 6 度選ばれている。

出生於埼玉縣。在早稻田大學第一文學部就學時曾加入早稻田推理研究社，據說他逛過東京都內所有的二手書店，大量閱讀所有推理小說。畢業後，他一面在母校埼玉縣立春日部高等學校教國語，一面寫小說。1989 年以匿名作家的身分發表《空中飛馬》，出道成為小說家，1991 年《夜蟬》榮獲日本推理作家協會獎時公開了自己的身分。擔任「本格推理作家俱樂部」第一代事務局長，2005 年就任會長。同年，他以早稻田大學文學學術院客座教授的身分任教一年，2013 年再度回到早稻田大學，擔任文學學術院文化構想學部教授。

除了推理小說外，他也寫了很多評論、隨筆等，也有涉及編輯的領域。和推理小說家折原一有深交。代表作有《SKIP ——快轉》，曾六度入圍直木獎。

---

 ## 獲獎經歷

1991 年　夜の蟬（夜蟬）　獲第 44 屆日本推理作家協會獎（短篇暨系列短篇集部）

2006 年　ニッポン硬貨の謎（日本硬幣之謎）　獲第 6 屆本格推理大獎（評論·研究部）、笨格推理大獎

2009 年　鷺と雪（鷺與雪）　獲第 141 屆直木三十五獎、彩之國功勞獎

2016 年　獲第 19 屆日本推理文學大獎

---

名詞＋を通して　經由　一段期間，從開始一直到結束

1. ちょっとした　小小的　一點點〜。瑣碎的〜。或指雖然不到非常了不起的程度，但有一定水平的〜。

2. ささい　微不足道　稍微、不值一提。

3. 行きつけ　常去的　常去而熟悉的地方。

4. 素性　身分　出身、來歷、成長經歷。

# 64 ビブリア古書堂の事件手帖

© EN MIKAMI 2011

▲ 小説《古書堂事件手帖～栞子與她的奇異賓客～01》（由台灣角川提供）

● 086

古書堂事件手帖
（2011 年 MediaWorks 文庫）

文庫本書き下ろしのライトミステリーで、メディアワークス文庫初のミリオンセラー作品となった。シリーズ完結の第7巻まで刊行されており、累計発行部数が640万部を突破している。2011年度「本の雑誌が選ぶ文庫ベストテン」1位に選ばれ、2015年には同じく「本の雑誌が選ぶ40年の400冊」でも1位に選ばれている。2012年に角川書店と講談社で二つの漫画版の連載が開始され、2013年には剛力彩芽主演でテレビドラマ化された。2018年には黒木華と野村周平のダブル主演の実写映画が公開されることが決まっているほか、アニメ映画化も発表されている。書籍をテーマにしたビブリオミステリーであるが、作中で扱われる古書は実在するもので、実際に書籍の売り上げ[1]が伸びたり、絶版本が復刊されるなどの影響を与えた。

鎌倉の古書店「ビブリア古書堂」の女店主である篠川栞子は25歳で、長髪の黒髪と眼鏡、そして透き通るような肌をした美人である。極度の人見知り[2]だが、古書にかけては並外れた[3]知識を持っており、優れた洞察力で古書にまつわる謎と秘密を解き明かしていく。五浦大輔は、活字を見ると体調が悪くなる「活字恐怖症」であるが、祖母の遺品の『漱石全集』の1冊に夏目漱石のサインがあるのを見つけ、栞子に真偽を鑑定してもらったことから、店でアルバイトをすることになる。

文庫本新收錄的推理輕小說，為 MediaWorks 文庫第一本百萬作品。本系列出版到第 7 冊完結為止，累計共發行了超過 640 萬本。被選為 2011 年度「書本雜誌票選文庫 BEST 10」第 1 名，2015 年同樣也被選為「書本雜誌票選的 40 年 400 本」第 1 名。2012 年分別在角川書店和講談社開始連載兩種版本的改編漫畫，2013 年由剛力彩芽主演改編成電視劇。2018 年除了決定將由黑木華和野村周平雙主演改編成真人電影外，也公布即將改編成動畫電

影。因是以書為主題的書籍推理，作品中提及的古書皆為真實存在的書籍，帶來了一些影響，如提及的古書實際銷量成長了、絕版的書籍重新出版等。

　　鎌倉的舊書店「文現里亞古書堂」，店長篠川栞子25歲，是位留著黑長髮、戴眼鏡、膚色透白的美女。雖然極度怕生，但在古書方面有過於常人的豐富知識，以優越的洞察力解開圍繞著古書的謎團及祕密。五浦大輔則是看到文字就會身體不適、具有「文字恐懼症」的人，他發現祖母的遺物《漱石全集》其中一冊有夏目漱石的簽名，為了請栞子鑑定真偽，開始在店裡打工。

# 作者　三上延（みかみえん）　三上延（1971 年～）

神奈川県横浜市に生まれ、藤沢市で育った。幼い頃から読書家で、江戸川乱歩などのグロテスクなものやホラー作品を好んで読んでいた。武蔵大学文学部在学中は文芸部に在籍し、小説を書いていた。大学卒業後は、中古レコード店や古書店でアルバイトをしていた。古書店で働きながら執筆した『ダーク・バイオレッツ』が第 8 回電撃小説大賞 3 次選考を通過し、2002 年に小説家デビューした。初期はホラーやファンタジーの作品が多かったが、2011 年に発表した『ビブリア古書堂の事件手帖』が大ヒット作品となった。

　　出生於神奈川縣橫濱市，在藤澤市長大。從小就喜愛閱讀，喜歡看江戶川亂步等人的怪奇小說與恐怖小說。在武藏大學文學部就學時加入了文藝社，並撰寫小說。大學畢業後，在二手唱片行和二手書店打工。他一邊在二手書店工作，一邊撰寫《DARK VIOLETS》，並通過了第 8 屆電擊小說大獎的第三次評選，2002 年出道成為小說家。初期的作品多為恐怖和奇幻小說，2011 年出版的《古書堂事件手帖》成為熱門作品。

## 獲獎經歷

2012 年　ビブリア古書堂の事件手帖（古書堂事件手帖）獲書本雜誌票選文庫 BEST 10 第 1 名、TRC 工作人員精選書籍 2012（圖書館流通中心舉辦的企畫）文庫部門第 1 名、年度暢銷書文庫綜合第 1 名

2015 年　ビブリア古書堂の事件手帖（古書堂事件手帖）　獲書本雜誌票選 40 年 400 本第 1 名

---

名詞＋にかけては　關於（學術、技術、能力等方面）～（正面評價）

1. 売り上げ　銷售額　在一定期間賣出商品後所得的總金額。
2. 人見知り　怕生　指小孩等看見不認識的人會覺得害羞或不安。
3. 並外れた（＋名詞）　過於常人的～　性質、能力、規模和一般事物有巨大的差距。

# 65 ストロベリーナイト。

● 087

冷硬派

▲《草莓之夜》中文版
（圓神出版社提供）

草莓之夜
（2006 年光文社／ 2008 年光文社文庫）

「姫川玲子シリーズ」第一作。2010 年に竹内結子主演でドラマ化され、2013 年には映画化された。2011 年には堀口純男作画で漫画化されている。

都内公園の溜め池近くの植え込みから、青いビニールシートにくるまれた男の惨殺死体が発見された。死因は頸動脈切断によるものだったが、それ以外にもガラスを体に載せられて鈍器で殴られた傷や、死後につけられた腹部の深い傷跡があった。警視庁捜査一課警部補の姫川玲子は、これが単独の殺人事件ではなく、他にも溜め池に遺棄されている被害者がいるのではないかと推理し、その推理どおりに多くの惨殺遺体が発見される。捜査を続ける中で、被害者達が共通して急に積極的な性格になったこと、そして毎月第二日曜の夜に秘密の行動をとっていたことが明らかになる。さらに被害者友人への聞き込みから、「ストロベリーナイト」という謎の言葉を耳にする。個性的な刑事たちによる懸命な捜査の末に、たどり着いた真実とはいったい……？

「姫川玲子系列」的第一部作品。2010 年由竹內結子主演拍成電視劇，2013 年拍成電影。2011 年由堀口純男改編成漫畫。

東京都內公園水池附近的樹叢裡，發現了一具慘死的男性屍體，被藍色塑膠布包裹著。死因是遭人切斷頸動脈，此外，身上還有玻璃碎片以及遭鈍器毆打的痕跡，腹部也有死後才留下的深深傷痕。警視廳搜查一課警部補姫川玲子推斷，這不是一件單獨的殺人事件，或許有其他受害者也被遺棄在水池。如她所料，又發現了多具慘遭殺害的遺體。在持續搜查時，她發現了被害者們的共同點：在死前個性突然變得積極、以及每月第二個星期日晚上都會採取秘密行動。再者，她還向被害者的友人打聽到了「草莓之夜」這個神祕詞彙。個性鮮明的刑警們奮力搜查的結果，好不容易查到的真相究竟是？

# 作者 誉田哲也
ほん だ てつ や

誉田哲也（1969 年 8 月 18 日～）

東京都出身。幼い頃は絵を描くのが好きで、漫画家になりたいと思っていたが、中学生になってからは音楽に目覚め、ロックバンドを始める。学習院大学経済学部を卒業してからプロのミュージシャンを目指したものの、30 歳を目前に[3] あきらめ、格闘技ライターとして試合レビューの寄稿を始める。その後、小説を書き始め、『ダークサイド・エンジェル紅鈴　妖の華（後に『妖の華』に改題）』で小説家デビューした。

初期の作風はホラー作品が多かったが、『ストロベリーナイト』以降は刑事を主人公にした警察小説が中心となる。それ以外にも、『武士道シックスティーン』のような青春小説や『吉原暗黒譚』のような時代ミステリーなど、ジャンルにこだわらない作品作りをしている。個性的で魅力的な女性を主人公とした作品が多い。また、登場人物の死亡率が高いのも特徴である。

出生於東京都。年幼時喜歡畫畫，想成為漫畫家，升上中學以後開始對音樂產生興趣，組了搖滾樂團。從學習院大學經濟學部畢業後，他以職業音樂家為志，卻在 30 歲前夕放棄了這個夢想，開始以格鬥技撰稿人的身分投稿比賽評論。之後，他執筆寫小說，以《黑暗天使紅鈴：妖之華》（之後改名為《妖之華》）出道成為小說家。

初期的風格以恐怖小說居多，繼《草莓之夜》以後，主要寫的都是以刑警為主角的警察小説。他不拘泥於小說類型，除了警察小説以外，他也寫像是《武士道十六歲》這類青春小說，以及《吉原暗黑譚》等時代推理小説。他的作品多以具有個性及魅力的女性為主角，此外，登場人物的高死亡率也是其作品一大特徵。

## 獲獎經歷

2002 年　ダークサイド・エンジェル紅鈴　妖の華（黑暗天使紅鈴：妖之華）獲第 2 屆《MU》雜誌傳奇小說大獎優秀獎

2003 年　アクセス（ACCESS）　獲第 4 屆恐怖懸疑小說大獎特別獎

---

動詞タ形／名詞－の＋末に　～的結果　（辛苦）好久後的結果
すえ

1. くるむ　包裹　指用布或紙等捲起來包覆。
2. 共通する　共同　指符合兩個或兩個以上的事物。
きょうつう
3. 目前に　前夕　極為接近。
もくぜん

# 66

# ゴールデンスランバー

▲《Golden Slumbers──宅配男與披頭四搖籃曲》中文版（獨步文化出版提供）

○ 088

**Golden Slumbers ──宅配男與披頭四搖籃曲**
（2007 年新潮社／2010 年新潮社文庫）

2010 年に堺雅人主演で映画化されている。『ゴールデンスランバー』というタイトルはビートルズの同名楽曲から引用されたものである。人間が生活する上で一番大切なのは、人と人との繋がりや信頼なのではないかというメッセージがストーリーに込められている。

仙台市で金田首相の凱旋パレードが行われていたが、その最中首相は爆殺される。元宅配業の青柳雅春は大学時代の親友、森田森吾に呼び出され、車中で「おまえ、オズワルドにされるぞ」と告げられる。青柳が車から出ると、森田の乗った車は爆発してしまう。首相暗殺の濡れ衣を着せられた[1]

青柳はいろいろな人たちに助けられながら逃走を続けるのだが、絶体絶命の中、逃げ切ることができるのか。

2010 年由堺雅人主演拍成電影。作品名稱《Golden Slumbers》引用自披頭四的同名樂曲。故事中蘊含要傳達給讀者的訊息：人類在生活中，最重要的是人與人之間的連繫和信賴。

仙台市舉辦了金田首相的凱旋遊行，沒想到就在最高潮之際，首相遭人炸死。原本在宅配業工作的青柳雅春被大學時代的好友森田森吾約出來，森田在車中告訴他：「你將會成為奧斯華。」青柳剛從車裡出來，森田乘坐的車子就爆炸了。青柳被誣陷是暗殺首相的兇手，在許多人的幫助下，他不斷逃亡。但在窮途末路之際，他真能成功逃脫嗎？

# 作者　伊坂幸太郎　伊坂幸太郎（1971年5月25日～）

千葉県松戸市出身で、現在は宮城県仙台市在住である。東北大学法学部を卒業後、システムエンジニアとして働く傍ら、文学賞に応募していた。2000年に『オーデュボンの祈り』でデビューした。

初期の作風は勧善懲悪のストーリーであったが、『ゴールデンスランバー』あたりからその傾向はあまり見られなくなった。村上春樹のような文学的作風も見られるが、影響を受けた作家として伊坂は島田荘司を挙げている。多くの作品間で、登場人物や舞台設定などのリンク[2]があったり、同名で違うキャラクターの人物も登場したりする。

代表作は下記の他に『重力ピエロ』『チルドレン』などがある。

千葉縣松戶市出身，現居宮城縣仙台市。從東北大學法學部畢業後，一面擔任系統工程師，一面投稿文學獎。2000年以《奧杜邦的祈禱》出道。

初期作品風格為勸善懲惡的故事，但大約從《Golden Slumbers》開始，就不常看到這樣的傾向。他的作品中也可以看見類似村上春樹的文學創作風格，不過伊坂表示影響他的作家是島田莊司。在他多數作品間，登場人物和舞台設定等都有關聯，也有同個名字但不同角色的人物登場。代表作中除了下列的得獎作品外，還有其他像是《重力小丑》、《孩子們》等。

## 獲獎經歷

1996年　悪党たちが目にしみる（礙眼的壞蛋們）（後改為陽気なギャングが地球を回す（天才搶匪盜轉地球）出版）　獲第13屆三得利推理大獎佳作

2000年　オーデュボンの祈り（奧杜邦的祈禱）　獲第5屆新潮推理俱樂部獎

2004年　アヒルと鴨のコインロッカー[3]（家鴨與野鴨的投幣式置物櫃）　獲第25屆吉川英治文學新人獎

2004年　死神の精度（死神的精確度）　獲第57屆日本推理作家協會獎（短篇部）

2006年　獲平成17年度宮城縣藝術選獎文藝部

2008年　ゴールデンスランバー（Golden Slumbers ——宅配男與披頭四搖籃曲）獲第5屆書店大獎、第21屆山本周五郎獎、這本推理小說真厲害！第1名

---

動詞辭書形／名詞＋の上で　在～面上、從～的觀點、在～的條件範圍內

1. 濡れ衣を着せる　冤枉　指明明是無辜的，卻當作犯人來對待。

2. リンク　關聯　從英文「link」而來。連結、連動。或是指在文字內容上設定可以跳轉至其他頁面的目標網址。

3. コインロッカー　投幣式置物櫃　從英文「coin-operated locker」而來。投入硬幣後使用，借人用來保管手提行李的置物櫃。

# 67 レディ・ジョーカー

社會派

● 089

LADY JOKER
（1997 年毎日新聞社／ 2010 年新潮文庫）

　単行本は上下 2 巻、文庫本は上中下 3 巻で刊行された。文庫化の際、内容が一部改変されている。小説は「グリコ・森永事件」にヒントを得て執筆された。毎日出版文化賞を受賞したほか、「このミステリーがすごい！」で第 1 位を獲得した。2004 年に渡哲也主演で映画化、2013 年に上川隆也主演でテレビドラマ化されている。

　1947 年、「日之出麦酒」に岡村清二という元社員の男から怪文書が届く。共に解雇された者の中に、被差別部落の問題が理由で不当解雇された者がいるのではないかという内容であった。1994 年、歯科医・秦野浩之の息子である孝之がバイク事故で死亡した。亡くなる前日、孝之は「日之出麦酒」から不採用通知を受けていた。現役東大生の孝之が不採用とは考えにくく、浩之は日之出ビールに抗議するも、その後自殺してしまう。薬局店主の物井清三は浩之の妻の父親であり、岡村清二の実弟であった。清三は競馬場で知り合った布川、ヨウちゃん、半田、高たちと共に「レディ・ジョーカー」と名乗り、日之出ビール社長の城山を誘拐し、20 億円の身代金[1]を奪うことを計画する。

　單行本分上下兩冊、文庫本分成上中下三冊出版。出版文庫本時，內容有一部分做了修改。故事是從「固力果・森永事件」得來靈感。除了獲每日出版文化獎以外，也在「這本推理小説真厲害！」排行榜獲得第一。2004 年由渡哲也主演改編成電影，2013 年由上川隆也主演改編成電視劇。

　1947 年，「日之出啤酒」收到了一名男性前職員——岡村清二寄來的一封奇怪文件。文件中質問：一同被解僱的職員中，是否有人因被歧視部落的問題而遭不當解僱。1994 年，牙科醫生秦野浩之的兒子孝之因機車事故死亡。他過世的前一天，孝之收到「日之出啤酒」寄來的未錄取通知。浩之難以想像身為現役東大生的孝之竟不被錄用，故對日之出啤酒公司提出抗議，之後就自殺了。藥局老闆物井清三是浩之的岳父，也是岡村清二的親弟弟。清三與在賽馬場認識的布川、小陽、半田和高先生等人一同組成「LADY JOKER」，計劃綁架日之出啤酒的社長城山，奪取 20 億日圓贖金。

# 作者　高村薰 たかむらかおる 高村薫（1953年2月6日〜）

大阪府大阪市に生まれ、現在も大阪府吹田市在住である。国際基督教大学教養学部を卒業し、その後外資系商社[2]に勤務した。1990年に『黄金を抱いて翔べ』が日本推理サスペンス大賞を受賞し、小説家デビューした。現在、織田作之助賞選考委員を務めている。

社会的事件を題材にした作品に定評があり、緻密で正確な描写が特徴である。社会的弱者の差別[3]など、人間のあり方を問う作品が多い。また、単行本から文庫化するにあたって、大胆な改稿を行うことが多い。

趣味はピアノで、自身も演奏するほか、ピアノソロのレコードも好んで聞くという。

出生於大阪府大阪市，目前也仍住在大阪府吹田市。國際基督教大學教養學部畢業後，在外資貿易公司上班。1990年以《抱著黃金飛翔》拿下日本推理懸疑小說大獎，成為小說家出道。現擔任織田作之助獎的選拔委員。

她以社會事件為題材的作品獲得好評，特徵是細膩而準確的描寫。她的作品有許多探討人性方面，如社會弱勢團體的歧視問題等，此外，單行本要出版文庫本時，她經常會做大膽的改稿。興趣為鋼琴，會自己演奏，也喜歡聽鋼琴獨奏專輯。

 ## 獲獎經歷

1990年　黄金を抱いて翔べ（抱著黃金飛翔）　獲第3屆日本推理懸疑小說大獎

1992年　リヴィエラを撃て（狙擊里維耶拉，暫譯）　獲第11屆日本冒險小說協會大獎、第46屆日本推理作家協會獎（長篇部）、開吧，這朵花獎

1993年　マークスの山（馬克思之山）　獲第109屆直木三十五獎、第12屆日本冒險小說協會大獎、這本推理小說真厲害！第1名

1997年　レディ・ジョーカー（LADY JOKER）　獲每日出版文化獎、這本推理小說真厲害！第1名

2006年　新リア王（新李爾王）　獲第4屆親鸞獎

2010年　太陽を曳く馬（拖著太陽的馬，暫譯）　獲第61屆讀賣文學獎

2017年　土の記（土之記，暫譯）　獲第70屆野間文藝獎、第44屆大佛次郎獎、第59屆每日藝術獎。

---

動詞辭書形／名詞＋にあたって　〜時　（重大、特別的機會）〜的時候

1. 身代金　贖金　為交換人質而支付的金錢。
2. 商社　貿易公司　以進出口貿易為主要業務的公司。
3. 差別　歧視　因偏見或先入為主之觀念，而對特定某些人採取不公平的對待。

社會派

# 68 半落ち

090

半自白

（2002 年講談社／2005 年講談社文庫）

2004 年に寺尾聰主演で映画化され、第 28 回日本アカデミー賞最優秀作品賞を受賞した。映画には作者の横山自身が法廷記者役でエキストラ出演している。また、2007 年には椎名桔平主演でテレビドラマ化もされている。2003 年第 128 回直木賞においては最終選考過程まで残るも落選した。一部選考委員から「致命的欠点が存在」と指摘され、議論を巻き起こしたものの、読者の評価を得てベストセラーになった。

「私、梶聰一郎は、3 日前、妻の啓子を、自宅で首を絞めて、殺しました」

現職警察官の梶聰一郎は、アルツハイマーを患った妻を殺害したと自首してきた。事件の動機も経緯も全て正直[1]に話し、事件は「完落ち（警察用語で容疑者が犯行を全て自供すること）」かと思いきや、殺害から自首までの「空白の二日間」について、梶は頑なに供述を拒否する。「半落ち（一部自供）」であった。梶が残した「人間五十年」という書の意味とは何か。そして、梶の守りたかったものとは何か。苦難と葛藤、そして、人間の優しさに胸震える作品である。

2004 年由寺尾聰主演拍成電影，獲第 28 屆日本電影學院最佳影片獎。電影中作者橫山特別演出法庭記者一角。此外，2007 年也由椎名桔平主演拍成電視劇。雖然在 2003 年第 128 屆直木獎進入最終選拔，但落選了。部分評審委員指出「有致命的缺點」，引起了爭議，不過作品仍獲得讀者好評，成為暢銷之作。

「我，梶聰一郎，三天前在家中，把妻子啓子掐死了。」

現任警察官梶聰一郎把患有阿茲海默症的妻子殺害後自首了。他誠實坦白了殺人動機和事情原委，還以為事件「全自白（警察用語，指嫌疑犯自行招供所有犯案行為）」了，沒想到梶卻頑固地拒絕供述從殺害到自首那「空白的兩天」，成了「半自白（部分招供）」。梶所留下的書法「人活五十年」究竟有什麼含義？而梶想要保護的又是什麼？苦難、糾葛、對人類善良感到震撼之作。

# 作者 横山秀夫

横山秀夫（1957 年 1 月 17 日〜）

東京都出身。国際商科大学（現、東京国際大学）商学部卒業。1979 年に上毛新聞社に入社し、12 年間記者として勤務する。1991 年に『ルパンの消息』がサントリーミステリー大賞佳作を受賞したことを契機に退社し、以後フリーランス[2]・ライターとして活動する。1998 年に『陰の季節』で松本清張賞を受賞し小説家デビューする。

警察小説を得意としているが、謎解きではなく、人間ドラマに重きを置いた、リアリティー[3]重視の作風が特徴である。

出生於東京都，國際商科大學（今東京國際大學）商學部畢業。1979 年進入上毛新聞報社，當了 12 年的記者。1991 年以《羅蘋計畫》獲三得利推理小說大獎佳作，以此事為契機辭職，之後以自由作家的身分活躍。1998 年以《影子的季節》獲松本清張獎，出道成為小說家。

擅長寫警察小說，但內容並非著重在解謎，而是人生的戲劇化，寫實是他作品風格的一大特徵。

## 獲獎經歷

1991 年 ルパンの消息（羅蘋計畫）　獲第 9 屆三得利推理小說大獎佳作

1998 年 陰の季節（影子的季節）　獲第 5 屆松本清張獎

2000 年 動機（動機）　獲第 53 屆日本推理作家協會獎（短篇部門）

2002 年 半落ち（半自白）　獲週刊文春推理小說 BEST 10、這本推理小說真厲害！第 1 名

2003 年 クライマーズ・ハイ（登山者）　獲第 1 屆書店大獎第 2 名、週刊文春推理小說 BEST 10 第 1 名

2012 年 64（64）　獲第 10 屆書店大獎第 2 名、週刊文春推理小說 BEST 10、這本推理小說真厲害！第 1 名

---

名詞（ナ形容詞）／動詞・イ形容詞普通形＋かと思いきや　**還以為〜**　以為〜，沒想到並非如此。

1. **正直**　**誠實**　正確、沒有撒謊。

2. **フリーランス**　**自由職業**　從英文「freelance」來的詞彙。不隸屬於公司，工作是採取自由合約的形式。

3. **リアリティー**　**寫實**　從英文「reality」來的詞彙。現實感、逼真感。

# 69

社會派

# 13階段

かい　だん

● 091

## 十三階梯
（2001 年講談社／2004 年講談社文庫／2012 年文春文庫）

　　タイトルの「13 階段」とは一般に、絞首刑である日本の処刑台の意味として使われる。死刑制度、冤罪などの問題について考えさせられる作品。2003 年に反町隆史主演で映画化された。

　　三上純一は喧嘩が原因で佐村恭介を殺し、2 年間の服役後、仮釈放された。そこに、退職を決めた刑務官、南郷正二がとある仕事を持ちかける。それは 10 年前に起こった殺人事件の犯人とされる死刑囚、樹原亮の冤罪を晴らす[1]、というものであった。その事件とは、10 年前に千葉県中湊郡で宇津木という保護司夫婦が惨殺されたもので、樹原は事件現場近くでバイク事故を起こし、状況証拠によって犯人とされ死刑判決を受けていた。ところが、樹原は「階段を上っていた」ということ以外は事件前後の記憶を失っており、自分がほんとうに殺害したのかも覚えていなかった。死刑執行までも

う時間がない。三上と南郷が調査を始めると、意外な事実が浮かび上がってくるのだった。

　　書名《十三階梯》一般是指日本絞刑的處刑台，是一部讓讀者思考死刑制度、冤獄等問題的作品。2003 年由反町隆史主演，拍成電影。

　　三上純一因爭執殺了佐村恭介，服刑 2 年後假釋出獄。就在那時，決定離職的刑務官南郷正二向他提議了一份工作。那份工作就是洗清死刑犯樹原亮的冤罪，他在 10 年前的殺人案中被當成了犯人。10 年前，在千葉縣中湊郡，有對名為宇津木的保護司夫婦慘遭殺害，樹原在案發現場附近發生了機車事故，最後因當時的狀況證據，被當作犯人判了死刑。但是，樹原只記得「爬過階梯」，喪失了除此之外案發前後的記憶，連自己到底有沒有殺人也不記得。距離執行死刑的日子已剩下沒幾天，三上和南郷開始調查後，意想不到的真相浮出水面。

# 作者 高野和明 高野和明（1964年10月26日～）

東京都出身。小学二年生のときに見た映画『激突！（原題：Duel）』に影響を受け、映画監督を目指すようになる。1985年から映画監督の岡本喜八の下でスタッフとして働き、1989年にはアメリカのロサンゼルス・シティー・カレッジ映画科で学びながら、ABCネットワークでスタッフとして働いていた。1991年に帰国し、宮部みゆきの『火車』などを読んだことで自身も執筆を始めた。1999年に秋元康がプロデュースしたインターネット・ドラマ『グラウエンの鳥籠』で脚本を担当している。2001年に『13階段』で江戸川乱歩賞を満場一致[2]で受賞し、小説家デビューした。江戸川乱歩賞に応募した経緯[3]は、風水で吉方とされる方角に講談社があったからだと語っている。

出生於東京都。受到小學二年級時看的電影《決鬥！（原名：Duel）》影響，立志做一名電影導演。1985年開始在電影導演岡本喜八的手下做幕後工作，1989年於美國的洛杉磯市立學院電影科學習，同時在ABC電視網當工作人員。1991年回國，讀了宮部美幸的《火車》等書後，自己也開始寫小說，1999年負責秋元康製作的網路電視劇《格拉烏恩的鳥籠（暫譯）》腳本。2001年他的《十三階梯》在所有評審一致認同下獲得江戶川亂步獎，以小說家身分出道。他曾表示會投稿江戶川亂步獎的原委是因為講談社位於風水吉利的方位。

## 獲獎經歷

2001年　13階段（十三階梯）　獲第47屆江戶川亂步獎

2011年　ジェノサイド（種族滅絕）　獲第2屆山田風太郎獎、第65屆日本推理作家協會獎（長篇暨系列短篇集部）、第9屆書店大獎第2名、週間文春推理小説BEST 10第1名、這本推理小説真厲害！第1名

---

名詞＋の下で　的手下　在某人或某種條件的影響下

1. 晴らす　洗清　消去心中的不滿或猜疑，讓其心情舒暢。例如「疑いを晴らす（解開疑惑）」、「恨みを晴らす（解除仇恨）」等。
2. 満場一致　所有人一致　指在那個場合的所有人意見一致。
3. 経緯　原委　事情的經過、原因。

# 70　ユリゴコロ

● 092

百合心
（2011 年雙葉社／ 2014 年雙葉文庫）

▲ 《百合心》中文版（獨步文化出版提供）

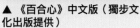

　　2012 年に第 14 回大藪春彦賞を受賞したほか、国内ミステリーランキングにもランクインしている。2017 年に吉高由里子主演で映画化され、同 2017 年に漫画化もされている。

　　亮介はこのところ次々と不幸に見舞われている[1]。婚約者の千絵が失踪し、父親が末期がんと診断され、母親が交通事故で亡くなったのだ。ある日、亮介は父親の書斎の押し入れにひっそりと[2]しまわれていた古いハンドバッグと 4 冊のノートを見つける。ハンドバッグには、母親の名前「美紗子」と書かれた和紙の包みがあり、中には黒髪の束が入っていた。そして、4 冊のノートには『ユリゴコロ』というタイトルが書かれていた。その内容は「私」が『ユリゴコロ』を捜し求めて殺人を犯していくという生々しい[3]告白文だった。これは父の創作なのか。それとも現実に起こったことなのか……。

　　戦慄の展開にぞくぞくとさせられ[4]つつも、後半には家族愛や優しさが感じられる作品である。

　　2012 年獲得第 14 屆大藪春彥獎，也登上日本國內推理小說排行榜。2017 年由吉高由里子主演拍成電影，同年改編成漫畫。

　　亮介這陣子再三遭遇不幸。未婚妻千繪失蹤、父親被診斷出癌症末期、母親因交通意外過世。有一天，亮介發現了一個老舊手提包和四本筆記本，被悄悄地收在父親書房的壁櫥裡。手提包裡放著一捆黑髮，用寫著母親名字「美紗子」的和紙包著。此外，四本筆記本上寫著標題「百合心」。內容是描寫生動的告白書，寫著：「我」正在尋找「百合心」，並接連犯下殺人罪行。這是父親的創作嗎？還是實際發生過的事……

　　令人不寒而慄的發展，後半部卻又讓人感受到家人之愛和善良的作品。

# 作者 沼田まほかる 沼田真帆香留（1948年〜）

大阪府の寺の一人娘として生まれ、自身も得度して僧侶になった。40代のときに建設コンサルタント会社を創設するが倒産し、50代で初めて書いた長編小説『九月が永遠に続けば』が第5回ホラーサスペンス大賞を受賞し、56歳で作家デビューした。イヤミスの女王の一人として知られる。

在大阪府的寺廟出生，是獨生女，自己也出家為僧。40多歲時創立了建設顧問公司，後來破產，50多歲第一次寫了長篇小説《如果九月永遠不結束》，獲得第5屆恐怖懸疑小説大獎，56歲出道成為作家。以致鬱系推理女王之一廣為人知。

 ## 獲獎經歷

2004年 九月が永遠に続けば（如果九月永遠不結束）　獲第5屆恐怖推理小説大獎

2012年 ユリゴコロ（百合心）　獲第14屆大藪春彥獎

---

動詞マス形＋つつも　雖然〜但〜、〜卻〜（逆接）

1. 〜に見舞われる　**遭遇〜**　發生災難或令人不愉快的事。

2. ひっそりと　**悄悄地**　安靜而不起眼的樣子。

3. 生々しい　**生動的**　彷彿呈現在眼前一般。

4. ぞくぞくする　**不寒而慄**　因為生病、害怕或興奮等原因而身體顫慄。

# 71 櫻子さんの足下には死体が埋まっている

角色推理

▲《櫻子小姐的腳下埋著屍體》
中文版（圓神出版社提供）

◉ 093　**櫻子小姐的腳下埋著屍體**
（2013 年角川文庫）

　　タイトルは明治時代の小説家、梶井基次郎の短編小説『櫻の樹の下には』の冒頭部分「櫻の樹の下には屍体が埋まっている！」からとられたもの。現在 13 巻が刊行されており、シリーズ累計 130 万部を超える人気作品である。小説のイラストは鉄雄が担当している。2015 年に水口十作画で漫画化され漫画雑誌『ヤングエース』で連載された。また同年にテレビアニメ化され、2017 年には観月ありさ主演でテレビドラマ化されている。

　　館脇正太郎は北海道旭川市に住む平凡な高校生である。彼はあることをきっかけに、20 代半ば[1] の、美人で名家のお嬢様、九条櫻子と知り合うが、なんと櫻子は「骨」を愛してやまない標本士（骨格標本を作る人）であり、骨と死体の状態から事件の真実を導き出すことができるのであった。歯に衣着せぬ[2] 物言いの櫻子に振り回される正太郎。二人は行く先々[3] で様々な事件を解決する。

　　テレビドラマ版では、正太郎は高校生ではなく、博物館勤務の技術補佐員となっている。また舞台も東京で、旭川市から上京したことになっている。

　　書名取自明治時代小說家梶井基次郎的短篇小說《櫻樹下》的開頭：「櫻樹下埋著屍體！」現在出版到第 13 冊，系列銷售累計超過 130 萬本的人氣作品。小說插圖由鐵雄負責，2015 年由水口十作畫改編成漫畫，在漫畫雜誌《Young Ace》上連載。同年又被改編成電視動畫，2017 年由觀月亞里莎主演拍成電視劇。

　　館脇正太郎是住在北海道旭川市的平凡高中生。在某個契機下認識了年約 25 歲的美麗名門千金──九條櫻子，沒想到櫻子居然是個非常喜愛「骨骼」的標本師（製作骨骼標本的人），她能夠從骨骼和屍體的狀態推導出事件真相。正太郎被直言不諱的櫻子要得團團轉。兩人一起解決所到之處遇見的各種案件。

　　在電視劇版本中，正太郎並非高中生，而是在博物館工作的技術輔助員。此外，故事舞台也在東京，改成主角從旭川市來到東京。

# 作者　太田紫織（おおたしおり）　太田紫織（1978年3月8日〜）

　　北海道札幌市出身。幼少期からコナン・ドイルやアガサ・クリスティの作品を愛読していた。小説投稿サイト「エブリスタ」において、小説や写真、俳句など多数の作品を投稿していたところ、2012年にEleanor.S名義で発表した『櫻子さんの足下には死体が埋まっている』が「E★エブリスタ電子書籍大賞」優秀賞を受賞し、2013年に同作品が角川文庫より書籍化され、作家デビューした。

　　北海道札幌市出身，年幼時就喜歡閱讀柯南・道爾和阿嘉莎・克莉絲蒂的作品。在小說投稿網站「Everystar」上投稿了小說、照片、俳句等許多作品後，2012年以Eleanor.S的名義發表了《櫻子小姐的腳下埋著屍體》，獲得「E★Everystar電子書籍大獎」優秀獎，2013年本作由角川文庫出版實體書，出道成為作家。

 ## 獲獎經歷

| | |
|---|---|
| 2011年 | 【芥】actor～二重奏～（【芥】actor～二重奏～）（Eleanor.S名義）　獲E★Everystar×《Quartet》小說競賽大獎 |
| 2011年 | Rosalind Rondo（Eleanor.S名義）　獲E★Everystar怪盜Royal小說大獎優秀獎 |
| 2012年 | 4:36a.m.（Eleanor.S名義）　獲E★Everystar武裝中學生短篇小說競賽優秀獎 |
| 2012年 | 櫻子さんの足下には死体が埋まっている（櫻子小姐的腳下埋著屍體）（Eleanor.S名義）　獲E★Everystar電子書籍大獎優秀獎（角川書店獎推理小說部門） |
| 2016年 | 櫻子さんの足下には死体が埋まっている（櫻子小姐的腳下埋著屍體）　獲角川文庫KADOFES杯「喜歡的角色文藝部門」第1名 |
| 2017年 | 櫻子さんの足下には死体が埋まっている（櫻子小姐的腳下埋著屍體）的故事舞台旭川市被選為「最想去的88個日本動漫聖地（2018年版）」 |

---

動詞テ形＋やまない　總是〜、非常〜　打從心底期望、盼望。

1. 半ば（なかば）　中間左右　距離、期間的中間值左右。
2. 歯に衣着せぬ（はにきぬきせぬ）　直言不諱　不考慮對方心情直接說出口。
3. 行く先々（いくさきざき）　所到之處　去到的地方全部都。

QUIZ 読者諸君！
挑戦してみよう！

給讀者的挑戰書

## 72

請舉出日本推理中本格派著名的作家。

## 73

譽田哲也的作品、主角為姬川玲子警部補《ストロベリーナイト（草莓之夜）》，屬於哪一種推理流派？

## 74

說到社會派的推理大師，以何人為代表？

## 75

將有名的觀光地當作小說的舞台，或是以火車、飛機等交通工具的時刻表做為不在場證明的流派，是哪一派？

## 76

社會派名作《13 階段（十三階梯）》反映了哪些社會問題？

76 死刑制度、證詞等

75 トラベル・ミステリー（旅行推理）

74 松本清張等

73 ハードボイルド（冷硬派）

72 江戶川亂步、橫溝正史……等

# CASE 4

名偵探檔案

# 明智小五郎

明智小五郎 ● 094

明智小五郎は江戸川乱歩の小説に登場する私立探偵である。初登場は『D坂の殺人事件』で『屋根裏の散歩者』『青銅の魔人』等、多数の乱歩作品に登場した。年齢は、初登場時は「二十五を越してはいまい」となっており、「少年探偵団シリーズ」においては30歳前後と書かれている。元々は、タバコ屋の二階に間借りしている定職を持たない貧窮書生であったが、その後、御茶ノ水にある「開化アパート」二階に事務所を持ち、「少年探偵団シリーズ」では千代田区「開化アパート」に「明智小五郎探偵事務所」を構えている。

初期は、もじゃもじゃの髪によれよれ１の着物姿の痩せ型の男だと描写されていたが、後に背広姿の容姿端麗な紳士として描かれるようになる。ただ、文中で「もじゃもじゃの髪」と記述されているにもかかわらず、なぜか挿絵の明智は整髪した姿で描かれていた。愛煙家で探偵小説好きである。また、柔道の達人でもある。

『魔術師』の作中で知り合った文代と結婚しているが、後半文代は「長年の病気で高地療養に行っている」という説明で登場しなくなる。小林芳雄少年を団長とする「少年探偵団」を助手としているほか、文代の姪の花崎マユミという少女を留守番役として使っている。終生のライバルは変装の達人、怪人二十面相である。

推理方法は、証拠の科学的な検証は警察に任せ、論理的演繹によって犯行や犯人を推理する。事件の解決のために、海外に出張することも多い。また、多種多様な探偵道具を操ることでも有名で、警察公認の拳銃を所持し、百発百中の腕前２である。二十面相とも互角３の完璧な変装を行い、催眠術を使うこともできる。黒い自動車を運転しており、時には12、3歳の小林少年に無免許運転させることもある。さらに、小型ヘリコプターまで所持している。

映像化作品では、陣内孝則、稲垣吾郎、田村正和など多数の俳優が演じてきた。

「僕は決して君のことを警察へ訴えなぞしないよ。ただね、僕の判断が当たっているか

動詞辭書形＋まい　①才〜沒有這回事吧。②絕對〜不會這麼做　不過、Ⅱ類動詞與Ⅲ類動詞也會接ナイ形。「する」除了用「するまい」、「しまい」以外，也可以用「すまい」

1. よれよれ　皺巴巴的　衣物或是紙張變舊、沒有彈性，不成形、滿是皺摺的樣子。
2. 腕前　技術　意指將事物活用自如的能力。
3. 互角　不相上下　形容相互競爭的力量程度相同，就好比牛的兩隻角沒有太大差異，難以分出優劣。

© Kentaro Hirai /Libre Publishing 2015
▲ 小説《江戶川亂步傑作集 2：人間椅子 屋頂裡的散步者》（由台灣角川提供）

どうか、それが確かめたかったのだ。君も知っている通り、僕の興味はただ『真実を知る』という点にあるので、それ以上のことは、実はどうでもいいのだ。」（『屋根裏の散歩者』より）

　明智小五郎是江戶川亂步小説中的私家偵探。首度登場於《D坂殺人事件》，之後也於《屋頂裡的散步者》、《青銅魔人》等多數亂步的作品中出場。年齡在初登場時設定為「不超過25歲」，不過在《少年偵探團系列》中是30歲左右。他原本是位沒有固定職業的貧窮書生，在香菸店的二樓租房子，後來在御茶之水的「開化公寓」二樓開立事務所，在《少年偵探團系列》中則是於千代田區的「開化公寓」成立「明智小五郎偵探事務所」。

　初期被描寫成一位頭髮蓬鬆凌亂、身形較瘦且穿著皺巴巴和服的男子，後來被寫為西裝筆挺、衣冠整齊的紳士。然而，文中明明寫他「頭髮蓬鬆凌亂」，插畫中的明智卻不知為何呈現出頭髮整齊的樣貌。他愛好香菸與偵探小説，也是一位柔道高手。

　他與在《魔術師》中邂逅的文代結婚，但後期文代就沒有登場，説是「因久病而在高地靜養」。

　「少年偵探團」是他的助手，團長是少年小林芳雄。文代的姪女花崎真由美則是擔任看家的角色。生涯勁敵為擅長易容的怪人二十面相。

　在推理手法方面，他會將證據的科學檢驗交由警方，自己則運用邏輯推論來推理出犯人或是犯行。為了解決事件，他也常到海外出差。此外，他以擅長使用多種偵探道具而出名，持有警察認可的手槍，技術百發百中。有著與二十面相不相上下的完美易容技術，也會使用催眠術。駕著黑色的汽車，有時會讓年僅12、13歲的小林少年無照駕駛。甚至還擁有一架小型直升機。

　許多演員在影像作品中飾演過明智，如陣內孝則、稻垣吾郎、田村正和等。

　「我絕對不會把你的事情告訴警方的，不過呢，我只是想要確認我的判斷是否正確。就如你所知，我有興趣的只有『知道真相』這一點而已。除此之外，老實說我根本不在意。」（出自《屋頂裡的散步者》。註：中文版有〈屋頂裡的散步者〉、〈天花板上的散步者〉等譯名。）

日本三大名偵探

78

# 金田一耕助
（きんだいち　こうすけ）

金田一耕助　● 095

横溝正史の小説に登場する私立探偵である。初登場は『本陣殺人事件』で、『八つ墓村』『獄門島』など数々の名作に登場し、『悪霊島』が最後の登場となった。大正2年（1913年）に東北地方で生まれたことになっているが、ほとんどの事件において、見た目は35、6歳と記述されている。大学入学後渡米し、サンフランシスコで殺人事件を解決する。カレッジ卒業後に帰国し、東京に「金田一耕助探偵事務所」を開業していたが、その後割烹旅館「松月」の離れに居候し、昭和32年頃に世田谷区の高級アパート「緑ヶ丘荘」の二階に定住することになった。昭和48年、最後の事件『病院坂の首縊りの家』の後ロサンゼルスへ行き、消息不明となる。横溝によると、昭和50年には帰国し、余生は日本で送ったようである。

趣味は映画、絵画、歌舞伎鑑賞で、ボートとスキーが得意である。ヘビースモーカーで、「ピース」と「ホープ」を吸っている。若い頃に麻薬にはまった[1]こともある。

身長は5尺4寸（約163cm）、体重14貫（約52.5kg）という小柄[2]な体格で、金田一は自身の体格に劣等感を抱いている。形の崩れた帽子、着物と羽織によれよれの袴、汚れた足袋に下駄履きと、清潔感がない服装をしている。スズメの巣のようなぼさぼさ[3]の髪をしており、興奮すると髪をかき回す。このような風貌は初対面の男性には侮られる反面、女性には受けがよい。普段は発言も控えめ[4]だが、犯人の行動が非人道的であるときは厳しい発言や批判を浴びせることがある。

両親とは探偵になる以前に死別しており、生涯独身であった。警察から高い信頼を受けており、特に等々力警部とは大親友である。作中には「金田一の事件記録者である探偵小説家のY」として作者の横溝正史自身が登場し、金田一とは「先生」「耕ちゃん」と呼び合い、いっしょに旅行にも行く仲である。

推理方法は、足跡の捜査や指紋の検出は警察にやってもらい、そこから得た結果を論理的に分析し、最後に推論を下す。犯人に自殺させようとしたり、わざと見逃してやったりすることも多く、事件は解決しても犯人が捕

動詞・イ形容詞・ナ形容詞的名詞修飾形／名詞・ナ形容詞－である＋
反面　雖然～、從其他方面來看

1. はまる　成癮　（俗語）很熱衷。
2. 小柄　嬌小　體格比一般人還嬌小。
3. ぼさぼさ　雜亂　頭髮等毛髮凌亂的樣子。
4. 控えめ　節制　控制言行舉止，或指控制分量。

▲ 《獄門島》中文版（獨步文化出版提供）

まらないことがある。また、探偵が事件に関
与してから次の犠牲者が出るのを防ぐ「殺人
防御率」の一番低い探偵とも言われている（つ
まり登場人物の死亡率が高い）。

多くの俳優が演じてきたが、映画では石坂
浩二、テレビドラマでは古谷一行が有名であ
る。他にも豊川悦司、上川隆也、稲垣吾郎な
どが演じている。

橫溝正史小說中的私家偵探。初登場是在《本
陣殺人事件》中，後也於《八墓村》、《獄門
島》等許多名作中出現，最後一次登場則是在《惡靈
島》中。大正2年（1913年）出生於東北地區。
多數事件都描述他外表為35、6歲。進入大學後
赴美，在舊金山解決了殺人事件。學院畢業後歸
國，於東京開立「金田一耕助偵探事務所」，但
之後借住料理旅館「松月」的別館，昭和32年左
右決定定居在世田谷區的高級公寓——「綠丘莊」
2樓。昭和48年，最後的事件《醫院坡上吊之家》
之後前往洛杉磯，行蹤不明。橫溝表示他於昭和
50年回國，在日本度過餘生。

興趣為觀賞電影、繪畫、歌舞伎，擅長划船和
滑雪。是個老菸槍，抽「和平」與「希望」牌香菸。

年輕時曾有藥物成癮的問題。

身高為5尺4吋（約163公分）、體重14貫
（約52.5公斤），身型嬌小，他對自己的體格一
直都有自卑感。戴著扁塌變形的帽子，身穿和服、
羽織與皺巴巴的褲子、骯髒的襪子和木屐，一身
不整潔的服裝。留著一頭像鳥巢般的蓬鬆亂髮，
只要一亢奮就會揉頭髮。這般外表總是會被初次
見面的男性輕視，相對地卻很受女性歡迎。平常
說話節制得體，然而一旦犯人有過於殘忍的行為，
便會說出嚴厲的話語和批判。

雙親在金田一成為偵探前就已經過世，他終生
未娶。深受警方的信賴，特別是摯友等等力警部。
作者橫溝正史也以「金田一事件的記錄者兼偵探小
說家Y」的身分登場於作品中，和金田一互稱「老
師」、「小耕」，是一起旅行的夥伴。

推理方法是請警方調查足跡與指紋後，邏輯分
析調查結果，最後得出結論。他時常讓犯人自殺
或故意放走犯人，因此也有事件解決後犯人卻沒
有抓到的情況。此外，他也被稱為「殺人防禦率」
最低的偵探（也就是登場人物的死亡率高）。

許多演員都曾飾演過金田一，著名的有電影版
石坂浩二、電視劇版古谷一行，而豊川悦司、上
川隆也、稻垣吾郎等演員也曾飾演過。

日本三大名偵探

# 79

# 神津恭介

神津恭介　⬤ 096

高木彬光の推理小説に登場する名探偵。初登場は高木のデビュー作である1947年の『刺青殺人事件』で、『呪縛の家』『人形はなぜ殺される』など多数の作品に登場する。

神津恭介は1920年9月25日、鳥類学者の父と女流歌人の母との間に生まれた。血液型はO型である。本職は探偵ではなく、東京大学医学部法医学教室助教授で、その後、教授を務め退官している。『刺青殺人事件』で謎を解いてから、警視庁の嘱託として犯罪事件に関わるようになる。本業が多忙になったことで、二度ほど探偵業からの引退を宣言しているが、どちらも後から引退を撤回している。

身長は5尺6寸、約169cmだが、昭和初期のためか長身という設定である。大変な美男子で、英語・ドイツ語・フランス語・ロシア語・ギリシア語・ラテン語の6か国語をマスターしており、モンゴル語も学んだことがある。学生時代の論文で「神津の前に神津なく、神津の後に神津なし」と評されたほどの天才である。趣味はピアノと将棋で、特にピアノはプロ級の腕前である。

気品と英知にあふれ、物腰が柔らかく[1]穏やかで、まさに非の打ち所のない[2]スーパーマンだと言っても過言ではない。ただ、あまりに完璧なエリートぶりのためか、特徴的な個性や人間味があまり感じられず、三大名探偵の中ではやや[3]印象が薄く、知名度も低い。

生涯独身で通し、「氷人」とも揶揄されるほど女性嫌いに思われているが、東大文学部の井村助教授の助手、大麻鎮子と相思相愛になったことがある。但し、本人が「かつて結婚していた」と語ったこともあり、結婚歴に関しては永遠の謎である。初代ワトソン役は東大医学部の研究員である松下研三で、二代目ワトソン役は東洋新聞社の記者である清水香織が務めた。

テレビドラマ化されたときは、近藤正臣、片岡愛之助などが演じた。

名詞／動詞マス形＋ぶり／っぷり　〜的樣子

1. 物腰が柔らかい　**處事圓滑**　用字遣詞與對人態度都很有禮貌，給人印象良好。
2. 非の打ち所がない　**無可挑剔**　沒有任何缺點，也沒有應譴責的地方。
3. やや　**略微**　形容分量、程度很少。

高木彬光推理小説中的名偵探。初登場於高木的出道作品——1947年的《刺青殺人》，也在《魔咒之家》、《人偶為何被殺》等多數作品中出現。

神津恭介生於1920年9月25日，父親是鳥類學家，母親則是歌手，血型O型。其本業並非偵探，而是東京大學醫學部法醫系的課堂助理教授，擔任教授後退休。自從在《刺青殺人》中解開謎題後，他就常接受警視廳的委託，捲進犯罪事件。由於本業繁忙，他曾兩度宣布從偵探業引退，但是最後都撤回引退宣言了。

其身高為5尺6寸（約169公分），大概因是昭和初期，設定是高個子。是一位極美男子，精通英文、德文、法文、俄文、希臘文、拉丁文6國語言，還曾學過蒙古語。是名天才，學生時代的論文被評為「神津之前無神津，神津之後也無神津」。興趣為鋼琴與將棋，鋼琴更有著職業級的水準。

品格與智慧兼具，待人處事圓滑，成熟穩重，說是無可挑剔的超人也不為過。然而，大概是因為這完美無瑕的菁英模樣，讓人感受不到他獨有的個性與人情味，在三大名偵探之中印象較為薄弱，知名度也低。

他一生未婚，被揶揄為「冰人」般地，大家認為他討厭女人，但曾與東大文學部井村助理教授的助手大麻鎮子相戀。不過，他本人說過「我曾經結過婚」，關於其結婚經歷是永遠的謎團。神津身邊的第一代助手是東大醫學部的研究員松下研三，第二代助手則是東洋報社的記者清水香織。

拍成電視劇時，由近藤正臣、片岡愛之助等人飾演。

少年偵探

80

# 工藤新一
くどう　しんいち

工藤新一　🔘 097

「たったひとつの真実見抜く、見た目は子供、頭脳は大人、その名は名探偵コナン！」
（テレビアニメのオープニング）

青山剛昌原作の漫画作品、及びテレビアニメ作品である『名探偵コナン』の主人公。5月4日生まれの17歳で、身長174cm、帝丹高校2年B組に在籍しており、東京都米花市米花区米花町2丁目21番地に住んでいる。父親は世界的に有名な推理小説家、工藤優作で、母親は元女優の工藤有希子である。高校一年生のときに、両親の住むロサンゼルスに向かう途中、飛行機の中で発生した殺人事件を解決したことをきっかけに、数々の事件を解決し、「東の高校生探偵」として名を響かせる。しかし、「黒の組織」の取引現場に遭遇し、開発中の毒薬「APTX4869」を飲まされ、副作用によって幼児化してしまう。生きていることがばれる[1]と再び命を狙われる[2]と、隣人の阿笠博士から警告を受けたため、江戸川コナンと名乗り、幼馴染の毛利蘭と蘭の父親の毛利小五郎の家で居候することになった。阿笠の遠い親戚の子ということにして、

帝丹小学校1年B組に在籍している。風邪をひいた状態で中国酒の白乾児を飲むことで、一時的に元の姿に戻れる。西の高校生探偵である服部平次や「黒の組織」を裏切った[3]灰原哀らの協力を得て、「黒の組織」を追っている。

新一は頭脳明晰で、豊富な知識と柔軟な思考を持っており、さらに、父親譲りの推理力と母親譲りの演技力を兼ね備えている。体が子供になってからも頭脳は変わっていないため、数々の難事件を解決するが、体力は子供並みに落ちており、阿笠が作った「時計型麻酔銃」「蝶ネクタイ型変声機」などのメカでそれを補っている。サッカーが得意で、コナンの姿でも「キック力増強シューズ」を用いて犯人に物を蹴り当てて気絶させることがある。英語も堪能で、点字や読唇術も理解している。自動車やヘリコプター、ジェット機に至るまで、多くの乗り物を操作することができる。苦手なものは料理やテレビゲームで、かなりの音痴でもある。好物はレモンパイで、嫌いな食べ物はレーズンである。

名詞＋並み　與～程度幾乎相同

1. ばれる　被發現　謊言或秘密被他人揭穿。
2. 狙う　以……為目標、瞄準　為了命中目標而進行準備。或意指為了得手而偷偷等待機會。
3. 裏切る　背叛　辜負夥伴，成為敵人。

　　江戸川コナンの名前は小説家の「江戸川乱歩」と「コナン・ドイル」からとったもので、作中では偶然目に入った二人の名前を合わせたことになっている。
　　アニメでの声優は江戸川コナンを高山みなみが、本来の姿の工藤新一を山口勝平が担当している。ドラマ版では工藤新一を小栗旬と溝端淳平が演じた。

　　「唯一看透真相的是，外表看似小孩，智慧卻過於常人的名偵探柯南！」（動畫開場白）
　　青山剛昌原作漫畫與卡通動畫《名偵探柯南》的主角。5月4日生，17歲，身高174公分，就讀帝丹高中2年B班，住在東京都米花市米花區米花町2町目21番地。父親為聞名世界的推理小說家工藤優作，母親則是前女演員工藤有希子。高一時，他在飛往父母居住地——洛杉磯的班機上解決殺人事件，以此為契機，解決了很多事件，以「關東高中生偵探」之稱聞名。沒想到，他因為目擊「黑暗組織」的交易現場，被強灌了開發中的毒藥「APTX4869」，受其副作用影響而變成小孩。鄰居阿笠博士警告他，要是被發現他還活著，就會再次遭到追殺，故化名為江戶川柯南，借住在青梅竹馬毛利蘭與其父毛利小五郎家中。新一稱是阿笠的遠房親戚，進入帝丹小學1年B班就讀。只要在感冒的狀態下喝下名為白乾兒的中國酒，就會暫時回復原本的樣子。他在關西高中生偵探服部平次和背叛「黑暗組織」的灰原哀等人幫助之下，一同追查「黑暗組織」。

　　新一頭腦清晰、知識豐富且思考靈活，兼備遺傳自父親的推理能力和母親的演技。即使身體變成小孩，頭腦也一樣聰慧，解決了很多困難的事件。但因身體能力降到小孩的程度，故靠著阿笠博士製作的「手錶型麻醉槍」、「領結型變聲器」等機器來補足。擅長足球，就算變成柯南的身體，遇到犯人時也可以用「增強踢力球鞋」踢中犯人，使犯人昏厥。英文也很流利，能讀點字、辨識唇語，亦能駕駛汽車、直升機和噴射機等許多交通工具。不擅長料理和電視遊戲，是名超級音痴。喜歡的食物為檸檬派，討厭的食物為葡萄乾。

　　江戶川柯南取名自小說家「江戶川亂步」與「柯南·道爾」，在漫畫中，新一偶然看到這兩人的名字，故將其合併。

　　動畫由高山南擔任江戶川柯南的配音員，工藤新一則是由山口勝平擔任。電視劇版的工藤新一由小栗旬與溝端淳平飾演。

きん　だ　いち
# 金田一

はじめ

少年偵探

81

金田一一　　● 098

原作、天樹征丸、金成陽三郎、作画さとうふみやによる、日本の漫画作品『金田一少年の事件簿』の主人公。名探偵、金田一耕助の孫である。8月5日生まれの17歳で、血液型はB型。身長170cm、体重58kg、足のサイズは25.5cm、視力は左右とも2.0となっている。太い眉毛と後ろで束ねた髪が特徴である。東京都不動山市（架空の地名）に住んでいる（ドラマ版ではそのとおりではない）。私立不動高校の2年生で、運動神経も悪く、学校の成績も最低なうえ、遅刻・早退・サボリ[1]の常習犯だが、実はIQ180もある天才である。普段はお調子者でどじな少年だが、事件が発生すると一転、祖父譲りの抜群の推理力と正義感で事件を解決に導く。また、命や心を救おうとする優しさと勇気も持ち合わせている。

父、母、いとこの金田一二三と四人で暮らしている。幼馴染[2]の七瀬美雪とは友人以上、恋人未満の関係であるが、本心では美雪のことを心から大切に想っている。ほかに、推理をする上でのライバルである明智健悟警視、

一が追うサイコキラーの高遠遙一などがいる。

趣味はテレビゲーム。特技は祖父から習ったという手品で、囲碁と将棋もかなり強い。運動神経が悪いと言いながらも、卓球は得意で、走るのも遅くない。未成年だが、飲酒や喫煙をしたり、AVを鑑賞することもある。ジェットコースターが苦手である。

推理方法は剣持勇警部の協力を得て、地道に[3]状況証拠を集めていき、そこから物的証拠を見つけ出すというものである。被害者たちや容疑者に隠された関係を探りながら真相に迫る。

2018年1月から連載中の『金田一37歳の事件簿』は、20年後を描いた作品で、一は「音羽ブラックPR社」の主任として働いており、「もう謎は解きたくない」と言っている。

ドラマでは初代の堂本剛を始め、松本潤、亀梨和也、山田涼介と、全てジャニーズ事務所所属のタレントが演じている。アニメ版の声優は松野太紀が担当している。

「ジッチャンの名にかけて！」、「謎はす

動詞・イ形容詞・ナ形容詞・名詞－名詞修飾形＋うえ（に）
〜不只如此、〜再加上

1. サボる　**翹課、偷懶**　怠慢工作或課業。
2. 幼馴染　**青梅竹馬**　從小就很親近的人。
3. 地道に　**確實地**　謹慎、做事確實。

べて解けた！」、「犯人はこの中にいる！」というのが決め台詞である。

日本漫畫《金田一少年之事件簿》的男主角，原作天樹征丸、金成陽三郎，作畫為佐藤文也。是名偵探金田一耕助的孫子，8月5日生，17歲，血型B型。身高170公分，體重58公斤，腳的尺寸為25.5公分，雙眼視力皆為2.0，特徵為粗眉與束在後方的頭髮。住在東京都不動山市（虛構地名，電視劇中並不住在此），就讀私立不動高中2年級，運動神經差，不僅在校成績吊車尾，還是遲到、早退、翹課的慣犯，但實際上是IQ180的天才。平常是位輕浮又愛鬧事的少年，但只要事件發生就一反常態，用遺傳自祖父的優秀推理能力、正義感來解決事件。此外，他也有著拯救生命、心靈的溫柔與勇氣。

與父親、母親和表妹金田一二三四人同住。與青梅竹馬七瀨美雪處於朋友以上、戀人未滿的關係，但其實是真心珍惜著美雪。至於推理方面的勁敵，則有明智健悟警視，以及他追查中的瘋狂殺人犯高遠遙一等人。

興趣是打電動，特長為向祖父學來的魔術，圍棋跟將棋也很強。雖說運動神經很差，不過很擅長桌球，跑步也不算慢。明明未成年，卻喝過酒、抽過菸、還看成人影片。很害怕坐雲霄飛車。

他的推理方式是與劍持勇警部合作，確實地收集狀況證據，從中找出物證，也會一邊追查隱藏於被害者們與嫌疑犯之間的關係，尋求事件真相。

自2018年1月開始連載的《金田一37歲事件簿》是描述其20年後的作品，金田一一擔任「音羽布萊克公關社」的主任，曾説過「我再也不想解謎了」。

從電視劇第一代的堂本剛開始，松本潤、龜梨和也、山田涼介等，都是由傑尼斯事務所的演員飾演，電視動畫版的聲優則是由松野太紀擔任。

著名台詞有：「賭上爺爺的名聲！」、「謎團已經全部解開了！」、「犯人就在我們之中！」

素人偵探

82

# 浅見光彦

浅見光彦　 099

内田康夫の小説『浅見光彦シリーズ』に登場する素人探偵で、本職はフリーのルポライターである。初登場は1985年の『後鳥羽伝説殺人事件』で、『天河伝説殺人事件』『軽井沢殺人事件』など多くの作品に登場する。テレビドラマや漫画作品も人気があり、テレビドラマでは水谷豊、榎木孝明、辰巳琢郎、沢村一樹、中村俊介、速水もこみち、平岡祐太など、多くの俳優が演じている。榎木孝明は光彦役を降板した後、兄の陽一郎役も演じている。

浅見光彦は2月10日生まれの33歳、身長は179cmで、血液型はB型である。東京都北区西ヶ原の名家に生まれ、現在もそこに兄一家と母とともに住んでいる。三流の私立大学卒業後は商社、新聞社、薬品会社などを転々とし[1]、その後ルポライターになった。現在は主に『旅と歴史』という旅雑誌に記事を書いている、依頼があれば広告記事や政治家などへのインタビュー記事も書くこともある。取材先などで殺人事件に巻き込まれることが多く、持ち前の好奇心で独自の調査を行うが、それが原因で地元警察に捕まることがある。

兄は警察庁刑事局長を務める浅見陽一郎警視監で、光彦が地元警察に捕まったときに、兄が刑事局長だと判明すると彼らの態度が一変し[2]、事件に協力的になるのがお約束である。父は大蔵省（現、財務省）主計局長の浅見秀一で、光彦が13歳のときに他界している。母、雪江は光彦が探偵の仕事をするのをあまり快く思っておらず、「賢兄愚弟の法則」と言ってすぐに兄と比較する。妹の祐子は大学生のときに事故に巻き込まれて死亡しているが、この事故にまつわる[3]謎が「名探偵・浅見光彦」を生み出すきっかけとなった。もう一人の妹、佐和子はニューヨークに留学している。須美ちゃんという20代のお手伝いさんは30代の光彦を「坊っちゃま」と呼んでおり、女性から光彦に電話があると不機嫌になる。他に、兄の子供の16歳の姪と14歳の甥とが同居している。

光彦はタバコは吸うが、酒は弱く、お化けと飛行機とトマトが苦手である。白いトヨタ・ソアラに乗っている。立派な家柄の出身で、

（〜て／〜上に、等）＋名詞／動詞・形容
詞－普通形＋ときている　更加〜、再加上〜

1. 転々とする　輾轉　接連轉變。
2. 一変する　馬上轉變　整個改變。
3. まつわる　圍繞著　有著極深的關連。

▲《消逝於虛無道中》中文版（新雨出版社提供）

▲《歌枕殺人事件》中文版（新雨出版社提供）

背も高く、ルックスもいいときているが、女性にはなかなか縁がなく、いまだに独身である。
　作品の中には作者と同姓同名の「小説家、内田康夫」というキャラクターも登場し、設定も作者と同様である。「軽井沢のセンセ」という愛称で呼ばれており、光彦から事件のレポートを受け取りそれを小説にするという役柄である。

　於小說家內田康夫所著之作品《淺見光彥系列》中登場的業餘偵探，本職是自由記者。初登場於 1985 年的作品《後鳥羽傳說殺人事件》，之後也在《天河傳說殺人事件》、《輕井澤殺人事件》等眾多作品中出現。電視劇與漫畫版也很受歡迎，電視劇由水谷豐、榎木孝明、辰巳琢郎、澤村一樹、中村俊介、速水茂虎道、平岡祐太等眾多演員飾演。榎木孝明在辭演光彥的角色後，飾演哥哥陽一郎一角。

　淺見光彥生於 2 月 10 日，33 歲，身高 179 公分、B 型。他生於東京都北區西原的名門，現與哥哥一家和母親同住。從三流私立大學畢業後，輾轉在貿易公司、報社、藥品公司等工作，後成為一位採訪記者。現在主要撰寫旅遊雜誌《旅遊與歷史》的文章，如果有委託，也會寫廣告文或是政治家等的專訪文章。他時常在取材地被捲入殺人事件中，在天生好奇心的驅使之下獨自調查案件，也曾因此被當地警察逮捕。

　他的哥哥是警察廳刑事局長淺見陽一郎警視監，因此當光彥被當地警察逮捕時，只要表明哥哥是刑事局長，對方態度就會馬上轉變，承諾協助他調查事件。父親是大藏省（今財務省）主計局長淺見秀一，光彥 13 歲時離世。母親雪江對光彥從事偵探工作不是很愉快，常用「賢兄愚弟的法則」將他和哥哥比較。妹妹祐子就讀大學時因捲入一場意外身亡，而圍繞著這場意外的各種謎團，也導致了「名偵探淺見光彥」的誕生。另一位妹妹佐和子則在紐約留學。家中有位 20 多歲的幫傭名為須美，會稱呼 30 幾歲的光彥為「少爺」，只要有女性打電話給光彥，她就會不高興。此外，同住者還有哥哥的孩子──16 歲姪女與 14 歲姪子。

　他會抽菸但酒量很差。害怕妖怪、飛機和番茄，開著一台白色豐田 SOARER。雖有著顯赫的家世，個子也高，加上相貌堂堂，卻意外沒什麼女人緣，直到現在還是單身。

　作品中還出現與作者同名同姓的「小説家內田康夫」一角，設定也與作者相同，光彥稱他「輕井澤老師」，負責收取光彥的事件報告，並寫成小說。

素人偵探

83

# 御手洗<ruby>みたらい</ruby>

## 潔<ruby>きよし</ruby>

御手洗潔　 100

　島田荘司の推理小説『御手洗潔シリーズ』の主人公。初登場は 1981 年、島田荘司のデビュー作『占星術殺人事件』で、その他多くの作品に登場する。

　御手洗潔は 1948 年 11 月 27 日に外交官の父と東京大学数学教授の母の間に生まれた。幼少期に父親が音楽学校の講師となるため渡米するが、若くして他界する。母も研究に没頭して[1]いたため、横浜市で「セリトス女子大学」の理事長をしていた母方の伯母と祖父によって厳格に育てられた。

　『P の密室』にあるように、幼い頃から聡明で、すでに難事件を解決していた。10 代の頃にアメリカに渡り、飛び級でハーバード大学に入学する。21 歳のときにコロンビア大学の助教授となるが、その後帰国し京都大学医学部に入学するもすぐに退学、再度渡米してから研究職やジャズ・ミュージシャンとして活躍する。帰国後は東横線綱島で占星術教室を開き、占星術師として働く。それから私立探偵になるが、1994 年に北欧へ移住し、スウェーデンのウプサラ大学で脳科学の研究に専念する。

　ルックスがいい上に IQ300 以上の天才で、地球上のほぼ全ての言語に精通している。コーヒーは飲まず、紅茶を好む。ギターの腕はプロ並みで、バイクや乗馬、登山が趣味で、犬好きでもある。演説癖があり、ときに鬱病を発症する。集中力があるものの、非常に飽きっぽくもある。御手洗と初めて会った人は必ず彼のことを「変人」と言うが、優しく誰にでも公平な態度をとる彼にひきつけられる[2]人も少なくない。

　石岡和己は御手洗の変人ぶりにあきれながらも、共同生活をしている親友である。美術大学出身で、元々はイラストレーターであったが、後に御手洗が解決した事件を本にして出版するようになる。和製シャーロック・ホームズとも言われる御手洗のワトソン役を務めている。

　「御手洗潔」の名前の由来は、作者、島田荘司の少年時代のあだ名[3]「便所そうじ」から来ているという。

　2015 年に『天才探偵ミタライ〜難解事件

動詞マス形＋っぽい　～容易、時常會～

1. 没頭する　**全心投入**　專心投入一件事物中，不顧及其他事情。

2. ひきつける　**吸引**　誘惑人心、魅惑。

3. あだ名　**綽號**　有別於本名，由他人根據某人的容貌、性格等特徵而取的名字。小名。

ファイル「傘を折る女」』のタイトルでテレビドラマ化され、玉木宏が主役の御手洗を、堂本光一が石岡を演じた。2012年には『ミタライ　探偵御手洗潔の事件記録』のタイトルで漫画化もされている。1999年に刊行された漫画『御手洗くんの冒険』では、島田荘司書き下ろしで御手洗潔の少年時代が描かれた。

島田莊司的推理小說「御手洗潔系列」男主角。初登場於 1981 年島田莊司的處女作《占星術殺人事件》，後也於其他許多作品中登場。

御手洗潔生於 1948 年 11 月 27 日，父親為外交官，母親則是東京大學數學教授。他小時候，父親為了當音樂學校的講師而赴美，卻很年輕就過世。母親也全心投入研究中，因此他是在橫濱市「塞里托斯女子大學」擔任理事長的阿姨與祖父的嚴格教育下長大。

如作品《P 的密室》中所述，他從小就非常聰明，解決過很困難的事件。十幾歲到美國，跳級就讀哈佛大學。21 歲時成為哥倫比亞大學的助理教授，之後歸國就讀京都大學醫學部，但很快便休學了。後來他再次赴美從事研究職，也以爵士樂手的身分活躍。回國後在東橫線綱島設立占星術教室，擔任占星術師。在那之後才成為私家偵探，1994 年移居北歐，在瑞典的烏普薩拉大學中專心研究腦科學。

他不只外貌帥氣，還是一位智商超過 300 的天才，幾乎精通地球上所有語言。不喝咖啡，愛好紅茶。吉他是職業水準，興趣是騎腳踏車、騎馬和登山，也很喜愛狗。有演說癖，有時候會突然憂鬱症發作。雖說集中力高，但也很容易厭倦。初見御手洗的人絕對都會說他是一個「怪人」，然而他為人親切，對誰都態度公正，也有不少人因而被他吸引。

石岡和己雖對御手洗的怪人行徑感到驚訝，但仍是他共同生活的好友。石岡畢業於美術大學，原本是位插畫家，後來決定把御手洗解決的事件出版成書籍。御手洗可說是日本的夏洛克‧福爾摩斯，而石岡就是華生的角色。

據說「御手洗潔」這名字，源自島田莊司年少時的綽號「打掃洗手間男（打掃與莊司同音）」。

2015 年以《天才偵探御手洗：難解事件檔案之折傘的女人》為題拍成電視劇，由玉木宏飾演主角御手洗，堂本光一飾演石岡。2012 年以《偵探御手洗潔之事件記錄》為題改編成漫畫。在 1999 年發行的漫畫《御手洗少年時代的冒險故事》中，島田莊司加筆描述了御手洗潔的少年時期。

素人偵探

84

# 火村英生
ひ　むら
ひで　お

火村英生  101

有栖川有栖の新本格ミステリー『作家アリスシリーズ』に登場する犯罪学者。初登場は1992年の『46番目の密室』で、その他多くの作品に登場する。

火村英生は京都の私立大学、英都大学社会学部の准教授（初登場時は助教授）である。犯罪社会学を専攻しており、「フィールドワーク」と称して実際の殺人現場へ赴いて[1]事件を解決するため、友人のアリスからは「臨床犯罪学者」と呼ばれている。火村本人は、犯罪学者を志した理由を「人を殺したいと思ったことがあるから」と説明しており、実際「誰かを惨殺する」という悪夢に毎晩のようにうなされて[2]いる。

4月15日に北海道札幌市で生まれ、現在は京都市北白川の昔ながらの下宿に、大家の「婆ちゃん」と3匹の猫とともに暮らしている。独身で、両親とは死別している。現在32～34歳である。

若白髪が交じるぼさぼさの髪をしているが、端正な顔立ちで、すらりと背が高い。黒っぽいシャツに白いジャケットを着て、細いネクタイをだらしなく[3]結んでいる。殺人現場ではいつも絹の黒い手袋を着用する。考え事をするときに人差し指で下唇をなぞる癖がある。廃車寸前のベンツに乗っており、煙草は「キャメル」を好んで吸っている。

現実主義者で、徹底した無神論者である。無愛想でクールだが、子供の扱いがうまく、猫好きで、優しい性格でもある。社会人としての礼儀は備えているが、アリスに対してだけは口が悪い。女嫌いであるが女性に好かれ、学生の中にも火村のファンがいるほどである。

「アリス」こと有栖川有栖は、火村の大学時代からの親友で、職業は推理作家である。「火村の良き、そして唯一の理解者」と紹介されるように、本シリーズではワトソン役を務めている。名前は本名であり、ペンネームでもある（作者と同名）。火村には「アリス」と呼ばれているが、これは名字を略したもので、下の名前を呼んでいるのではないらしい。アリスによると火村は「法律学、法医学から心理学まで造詣が深く、語学も堪能。文学、音楽、美術、映画、歴史、天体観測、オカル

名詞・動詞マス形＋ながら　維持〜的狀態、〜的模様

1. 赴く　趕赴　前往某個地方、方向。

2. うなされる　夢魘　因作了恐怖的夢，在沉睡的情況
下發出痛苦的聲音。

3. だらしない　隨興　不嚴謹的、不整齊的。

ティズム、ケルト神話、変態性欲、ボクシング、登山、ボトルシップづくり、猫の飼い方に一家言を持つ」人間だという。

　2016年にテレビドラマ化され、斉藤工が火村を、窪田正孝がアリスを演じた。ドラマでは火村が謎解きの後に「この犯罪は美しくない」とつぶやくが、原作にはこのような決め台詞はない。

　有栖川有栖的新本格派推理小説「作家有栖系列」中登場的犯罪學者，首度登場於1992年的《第46號密室》，後也在許多作品中出場。

　火村英生為京都私立大學——英都大學社會學系的副教授（初登場時為助理教授）。他專攻犯罪社會學，會宣稱是為了「田野調查」，其實是趕赴殺人現場解決事件，故被好友有栖稱為「臨床犯罪學者」。火村本人說立志成為犯罪學者的理由是「曾有過想要殺人的想法」，實際上他每晚都因為作了「殘殺某人」的惡夢而夢魘。

　4月15日出生於北海道札幌市，現居住於京都市北白川的老舊租屋中，與房東「婆婆」和3隻貓同住。單身、雙親已過世，現年32～34歲。

　蓬鬆亂髮中混雜些許白髮，相貌端正，身形修長、高瘦。穿著黑色襯衫、白色夾克，隨興打著細版領帶，在殺人現場會一直戴著黑色絹手套。思考事情時，有用食指摸下唇的習慣。開著快要報廢的賓士車，喜歡抽「駱駝」牌香菸。

　火村是現實主義者，也是徹底的無神論者。雖然有點冷酷，卻很擅長應付小孩，也很喜歡貓咪，性格溫柔。具備社會人士應有的禮節，但只會對有栖口出惡言。厭惡女性卻很受女性歡迎，學生中甚至還有火村的粉絲。

　暱稱「有栖」的有栖川有栖是火村從大學時代就認識的摯友，職業是推理作家。就如同作品中介紹其為「火村的好友，且是唯一能理解火村的人」般，在本系列作中擔任助手。名字是本名也是筆名（和作者同名）。火村稱他為「有栖」，似乎是姓氏的略稱，而不是叫名字。據有栖表示，火村是一個「從法學、法醫學到心理學的造詣都很深，外語也流利。對文學、音樂、美術、電影、歷史、觀星、神祕學、凱爾特神話、變態性欲、拳擊、登山、製作瓶中船、飼養貓的方法都有自己的獨到見解」的人。

　2016年拍成電視劇，由齋藤工飾演火村，窪田正孝飾演有栖。在電視劇中，每當火村解開謎團後都會抱怨「這樣的犯罪一點都不美」，不過原作中並沒有這樣的固定台詞。

素人偵探

85

ゆ　かわ　　　まなぶ
湯川学

湯川學　● 102

東野圭吾の小説『ガリレオシリーズ』の主人公。1996年に雑誌に掲載された短編作品『燃える』（短編集『探偵ガリレオ』に収録）が初登場で、現在単行本及び文庫本で8作品刊行されている。

湯川学は帝都大学理工学部物理学科第十三研究室所属の准教授（初登場時は助教授）である。『探偵ガリレオ』当時は34歳であった。天才的物理学者である上、雑学的知識も豊富で、どんなに少ない事実からでも論理的思考で難事件を解決していくことから、警察関係者からは「ガリレオ」と呼ばれているが、湯川本人はそれを嫌がっている。

長身で足が長く、色白である。初期は黒縁眼鏡をかけていたが、その後金縁眼鏡になり、縁なし眼鏡に変わっている。性格は偏屈で、友人の草薙の話の揚げ足を取る[1]こともある。マイペースで、感情的になることはめったにない。あくまで超常現象の正体の解明にのみ興味を持ち、事件の背景や真犯人については一切興味を示さない。

インスタントコーヒーをよく飲むが、それは「レギュラーコーヒーを入れる時間がむだだから」という合理的な理由からである。「論理的でない」という理由で子供が苦手で、話すだけで蕁麻疹ができるほどであったが、『真夏の方程式』ではある少年と心を通わせている。学生時代にバドミントン部に所属していただけあって、現在でも大会で優勝するほどの腕前である。運転免許は所持しているものの、ペーパードライバー[2]だと思われる。

警視庁捜査一課警部補（初登場時は巡査部長）である草薙俊平はかつて湯川と帝都大学バドミントン部の同期であった。社会学部出身で理数系は苦手なため、超常現象がらみ[3]の事件について湯川に相談する。新人女性刑事の内海薫は正義感が強く、女性ならではの勘と理論で容疑者を割り出すが、草薙と意見が対立することもある。元々原作になかった人物だが、ドラマ化の際に製作者側から「女性のキャラクターを使いたい」と言われたため、作者の東野が急遽内海を原作に登場させた。

2007年にテレビドラマ化され、福山雅治が湯川を、柴咲コウが内海を、北村一輝が草

名詞／動詞・形容詞の名詞修飾形＋だけあって　因為～，當然會～、適合～。

1. 揚げ足を取る　**挑人語病**　原意為在對方使用技巧前先絆倒對方的腳，現意指抓住他人說錯的話或話柄進行責難、嘲弄。
2. ペーパードライバー　**紙上司機**　和製英語「paper+driver」。意指明明有汽車駕照，卻沒有實際駕駛經驗的人。
3. 名詞＋がらみ　**有關**　與～有密切關係。
4. 所構わず　**無論場所**　無論什麼場所都不在意。

薙を演じた。ドラマでは湯川が所構わず[4]数式を殴り書きしたり、「フレミングの左手の法則」を模した左手を顔に当てるポーズをとったりするが、原作でこうした行動をとる場面はなく、「実に面白い」「さっぱりわからない」などの口癖を言うことも原作ではほとんど見られない。

東野圭吾的小說「伽利略系列」的男主角。1996 年在雜誌上的短篇作品〈爆炸〉初登場（收錄於短篇集《偵探伽利略》），現在單行本與文庫共發行了 8 部作品。

湯川學為帝都大學理工學部物理學系第十三研究室的副教授（初登場時是助理教授），在《偵探伽利略》中為 34 歲。不僅是一位天才物理學家，還有豐富的雜學知識，無論掌握到的事實有多麼不足，都可以用邏輯性思考來解決困難的事件，被警方稱為「伽利略」，不過湯川本人很討厭這樣的稱呼。

湯川身材修長、皮膚白皙。初期戴黑框眼鏡，之後改為金邊眼鏡，最後又變成無框眼鏡。個性乖僻，有時會挑好友草薙的語病。行事我行我素，很少感情用事。他只對解開靈異現象的真相有興趣，對事件背景與真兇等完全不在意。

常喝即溶咖啡，是因為「泡一般咖啡太浪費時間」這樣的理由。不擅長面對小孩，因為「無法講道理」，幾乎到了只是跟他們說話就會起蕁麻疹的程度，但在《真夏方程式》對某少年敞開心房。由於學生時期加入羽毛球社，到現在都維持能在大賽奪冠的球技。擁有汽車駕照，不過被認為只是紙上司機。

草薙俊平是警視廳搜查一課警部補（初登場時是巡查部長），曾是湯川在帝都大學羽球社的同期。畢業於社會學系，不擅長數理，每當遇到與靈異現象有關的事件，就會找湯川討論。新人女刑警內海薰正義感強烈，會用女性直覺與邏輯找出嫌疑犯，有時也會與草薙的意見相左。原作中本來沒有內海一角，因為在拍成電視劇時製作組說「想要用女性角色」，作者東野才盡快讓內海在原作中登場。

2007 年拍為電視劇，由福山雅治飾演湯川，柴崎幸飾演內海，北村一輝飾演草薙。劇中湯川會無視場所，到處亂寫算式，或是模仿「弗萊明左手定則」的手勢，把左手放在臉上等，在原作中並沒有這種動作。「真是有趣」、「完全搞不懂」等，在原作中也很少出現這樣的口頭禪。

えの　もと　けい
# 榎本径

榎本径　● 103

貴志祐介の小説『防犯探偵・榎本シリーズ』の主人公。2004年に出版された『硝子のハンマー』で初登場し、『狐火の家』『鍵のかかった部屋』『ミステリークロック』の四作品に登場している。

防犯ショップ「F&Fセキュリティ・ショップ」店長の榎本径は防犯コンサルタントであるとともに、本職は泥棒である。実際は防犯コンサルタントの仕事もマネーロンダリングのために始めたに過ぎない。色白で繊細な感じの細面の男性で、身長は170cm以下と小柄である。アルバイトの学生かと勘違いするほどの若い見た目だが、年齢は30代半ばだと思われる。鍵やセンサーなど、防犯設備に関して並外れた知識があり、化学や物理にも精通している。ビリヤードが得意で、将棋にも詳しい。愛車は店のロゴが入った白のスズキ・ジムニーである。他人の家や会社に無断で[1]忍び込んだり、盗みを働いたりはするが、殺人だけは絶対にしないと決めている。泥棒として活動するときはドブネズミ色のスーツを身につける。彼が扱う事件は全て密室殺人

である。

『レスキュー法律事務所』の弁護士、青砥純子は先輩弁護士から榎本のことを聞き、店を訪ねたことから、榎本とともに密室殺人の推理を行うことになる。清楚で知的な美人で頭もよく、正義感が強い。そのしっかりした容姿とは裏腹に[2]天然なところもあり、突拍子もない[3]思いつきの推理を披露することがある。とはいえ、純子の思いつきがヒントになったり、純子が自力で真相にたどり着いたこともある。基本的には、純子の仮説を榎本が反証することで、解を一つ一つつぶしていきながら推理するのがパターンとなっている。

2012年に『鍵のかかった部屋』のタイトルでテレビドラマ化され、嵐の大野智が主人公の榎本を演じた。ドラマ版では榎本は「警備会社・東京総合セキュリティ」に勤務していることになっている。また、原作にないオリジナル・キャラクターの芹沢豪という弁護士（演、佐藤浩一）が登場し、純子（演、戸田恵梨香）は芹沢の弁護士事務所の新人アシスタントという設定になっている。そして、

動詞普通形／ナ形容詞・名詞－である／名詞＋に過ぎない　只不過
是～而已

1. 無断で　　擅自　　沒有得到對方的允諾和許可。
2. ～とは裏腹に　相反　　與～相反。
3. 突拍子もない　天馬行空的　情況脫離常軌。

©Yusuke Kishi 2011
▲小説《上鎖的房間》
（由台灣角川提供）

榎本、純子、芹沢の３人で事件を推理、解決する。また、榎本は推理するときに右手の親指と人差し指をこすり合わせて鍵を開ける動作をし、鍵が開く音とともに「密室は破れました」という決め台詞を言う。「密室殺人事件において解けない密室はない」というのを信条としており、現場を再現した模型を用いて推理する。

貴志祐介的小説《防盜偵探・榎本系列》主角，初登場於 2004 年出版的《玻璃之槌》，後於《鬼火之家》、《上鎖的房間》、《神秘時鐘》四部作品中登場。

榎本徑是防盜用品店「F&F 保全商店」店長，也是防盜顧問，本職是小偷。事實上防盜顧問的工作只不過是用來洗錢而已。白皙清瘦、身高 170 公分以下，體型較為嬌小。外表極為年輕，甚至會被誤認為是打工的學生，但已經 35 歲了。除了對鑰匙、感測器等防盜設備擁有過人知識外，也精通化學與物理，擅長撞球、對將棋也很了解。愛車白色鈴木吉普上貼有店的標誌。雖然他會擅自闖入別人家中或公司，進行竊盜，但絕對不會殺人。竊盜時會穿上老鼠灰色套裝。此外，他參與的事件全都是密室殺人。

「Rescue 法律事務所」的律師青砥純子從前輩口中聽聞榎本的事，去店裡拜訪後，開始與榎本一起推理密室殺人事件。純子是氣質清秀知性的美人，頭腦好，正義感又強。不過，她也有與正經外表完全相反的傻氣，有時也會展現出天馬行空般的推理。純子的想法時常會成為提示，她也曾靠自己的力量找出真相。基本上，兩人的推理模式是由榎本來反證純子的假說，把問題一個一個解開，進行推理。

2012 年以《上鎖的房間》為題拍成電視劇，由嵐的大野智飾演主角榎本。電視劇版中，榎本在「東京綜合保全公司」工作，並出現原作沒有的原創角色——芹澤豪律師（佐藤浩一飾），純子（戶田惠梨香飾）則設定成芹澤律師事務所的新進助手，由榎本、純子和芹澤 3 人一同推理、解決事件。此外，榎本在推理時右手食指跟大拇指會不斷摩擦，並做出開鎖的動作，隨著鎖被打開的音效，說出「密室被破解了」的經典台詞。他將「密室殺人事件中沒有解不開的密室」奉為信條，運用重現現場的模型來推理。

素人偵探

りん だ
凜田
り こ
莉子

87

凜田莉子 ● 104

　松岡圭祐のライトミステリー『Ｑシリーズ』に登場する主人公。2010年『万能鑑定士Ｑの事件簿』で初登場した。「面白くて知恵がつく、人の死なないミステリ」というキャッチフレーズどおり、このシリーズでは殺人事件などは起こらず、現実の世界で話題になった不可解な事件を元に構成されているのが特徴である。

　凜田莉子は、東京飯田橋の神田川沿いにある雑居ビルの１階に、「万能鑑定士Ｑ」というしゃれた店を構える鑑定家である。「鑑定士」というのはあくまで屋号であり、特別な資格は何も持っていないが、絵画、骨董、宝石、ブランドはもちろん、漫画や映画など幅広いジャンルのことがらについて即座に鑑定するだけの知識を有している。そして、高度な「ロジカル・シンキング（論理的思考）」を駆使[1]し、推理を行う。

　莉子は現在23歳で、緩いウェーブのロングヘア、猫のように大きくつぶらな瞳を持ち、モデルのような長い手足を持つ美女である。沖縄の波照間島出身で、石垣島の八重山高校

では教師が頭を抱える[2]ほどの劣等生であり、体育・音楽・美術以外はオール１の学年最下位の学生であった。しかし、莉子自身は天然で底抜けに[3]明るく、そのことを全く気にかけていなかった。高校卒業後、島民の生活の改善を夢見て上京するが、就職先が見つからず、生活費を捻出するために不用品を売りに行ったリサイクルショップ「チープグッズ」で経営者の瀬戸内陸に声をかけられ、そこで働くことになる。そして瀬戸内からさまざまな勉強法を伝授され、豊富な知識と鋭い観察力、鑑定能力を身につける。20歳で独立し、「万能鑑定士Ｑ」の主人となる。「万能鑑定士Ｑ」という店舗名は瀬戸内が名づけたもので、「Ｑ」を「クイーン」と読ませようとしていたが、莉子はそれを嫌がり「キュー」と呼んでいる。

　『週刊角川』編集部勤務の小笠原悠斗は26歳で、「力士シール」事件の真相解明のために「万能鑑定士Ｑ」を訪ねたことから莉子と知り合う。莉子に思いを寄せている。

　2014年には『万能鑑定士Ｑ－モナ・リザ

動詞辞書・ナイ形／イ形容詞－い／ナ形容詞－な／名詞＋ほど　〜的
**程度**（表達動作、狀態的程度）

1. 駆使（く し）　**自由使用**　自由運用之意。
2. 頭を抱える（あたま　かか）　**傷透腦筋**　慣用句，形容有擔心或煩惱的事，一籌莫展。
3. 底抜け（そこ ぬ）　**沒有極限**　程度驚人到沒有極限、誇張的狀態。

©Keisuke MATSUOKA 2013 ©Chizu
KAMIKOU 2013 ©Hiro KIYOHARA 2013
▲漫畫《萬能鑑定士 Q 的事件簿 (1)》
（由台灣角川提供）

の瞳』のタイトルで映画化され、綾瀬はるか（あやせ）が莉子を、松坂桃李（まつざかとおり）が小笠原（おがさわら）を演じた。

　　松岡圭祐的輕小說《Q 系列》主角，在 2010 年《萬能鑑定士 Q 的事件簿》中首度登場。本系列的特徵就如宣傳文案「既有趣又可以得到知識，沒有人會死亡的推理小說」般，不會發生殺人事件，而是以現實生活中的話題、難解事件構成故事。

　　凜田莉子在東京飯田橋神田川沿岸的住商混合公寓一樓，開了間時髦的「萬能鑑定士 Q」，是一名鑑定士。説是「鑑定士」，其實只是個商號，她並未持有任何特別的證照，但有相當多的知識，除了繪畫、古董、珠寶、精品外，連漫畫、電影等各領域的商品都可以馬上鑑定。此外，她能夠自由使用精確的「邏輯思考」來進行推理。

　　莉子今年 23 歲，是位有著微捲長髮、貓咪般圓滾大眼、模特兒般修長身材的美女。沖繩波照間島出身，成績糟到讓石垣島八重山高中老師傷透腦筋的程度，除了體育、音樂、美術外，所有成績都是全年級最後一名。不過，莉子個性單純、極度開朗，這些事情她完全不放在心上。高中畢業後，她夢想著改善島民的生活，遠赴東京卻完

全找不到工作，為了賺取生活費而去賣廢棄物，被經營資源回收店「便宜貨」的瀨戶內陸搭話後，便在便宜貨店內工作。瀨戶內傳授了她各種讀書方法，她也憑藉著豐富的知識與敏銳觀察力，學會了鑑定能力。20 歲自立門戶，成為「萬能鑑定士 Q」的老闆娘。「萬能鑑定士 Q」的店名是瀨戶內所取，「Q」原本讀做「Queen（皇后）」，但因莉子不喜歡，最後才讀做「Q」。

　　任職於《角川週刊》編輯部的小笠原悠斗 26 歲，為了解開「相撲力士貼紙」事件的真相，前往「萬能鑑定士 Q」，因而與莉子結識，之後愛上莉子。

　　2014 年以《萬能鑑定士 Q：蒙娜麗莎之瞳》為名拍成電影，由綾瀨遙飾演莉子，松坂桃李飾演小笠原。

素人偵探

88

# 家頭清貴
やがしら　きよたか

**家頭清貴** 🔘 105

望月麻衣による日常の謎系キャラミス『京都寺町三条のホームズ』シリーズに登場する探偵。投稿コミュニティサイトの「エブリスタ」に掲載された後、2015年に双葉文庫から刊行された第1巻が初登場で、現在まで9巻刊行されている。Web掲載版と書籍版で話の展開や人間関係が異なっている。2017年から漫画が連載されており、2018年7月からはテレビアニメが放送されている。

「お宅で眠っている骨董品等ございませんか？鑑定・買取致します。」家頭清貴は京都寺町三条の商店街にある小さな骨董品店「蔵」で、鑑定士見習いとして働いている。第一巻時点で22歳。本業は京都大学院生で、「文献文化学」を学んでいる。店のオーナーは清貴の祖父であり国選鑑定人でもある家頭誠司で、店長は父親の家頭武史である。オーナーが不在の間、父親と清貴が交代で店を管理している。父親の本業は作家で、歴史小説やコラムを書いている。母親は清貴が2歳のときに病気で亡くなっている。

清貴は細身で背が高く、さらさらで少し長めの前髪に鼻筋が通ったかなりのイケメンである。観察力が非常に鋭く、相手の背景や心の中をぴたりと言い当てるため「ホームズ」という愛称で呼ばれているが、本人は「ホームズと呼ばれるのは名字が家頭で『家（ホーム）＋頭（ず）』だから」で通している。幼い頃から特別な鑑定眼を持っていたうえに、祖父から本物だけを見せられてきたおかげで、古美術と京都に関する膨大な知識を持っている。物腰柔らかく上品だが、自他共に認める裏表の激しい性格で実は腹黒い[2]変人である。生まれも育ちも京都だが、普段は敬語で話し、感情が高ぶると京都弁が出る。祖父の車であるジャガーに乗っている。

物語の主人公、真城葵は埼玉県大宮から京都へ移り住んで半年の高校二年生である。祖父の骨董品を「蔵」に持って行ったことがきっかけで、家頭に誘われ「蔵」でアルバイトをするようになる。まっすぐな性格で、作品の価値を見抜く「良い目」を持っている。葵に言わせると、清貴は「いけずな京男子」らしい。

名詞（人）＋に言わせると／言わせれば　那個人的意見是

1. ぴたりと　準確　完全沒有偏差、極度適合的模樣。
2. 腹黒い　陰險　心中有著什麼壞主意。不懷好意。
3. 一途　一心一意　不考慮其他，只專注一件事情的模樣。

　　清貴はコーヒーを入れるのが上手で、葵にはいつもカフェオレを入れてあげる。武道をやっていたこともあり、腕っ節は強い。過去の失敗が原因で女性関係に臆病なところもあったが、葵と出会ったことで変化が現れ、次第に彼女に対してだけ一途[3]且つへたれな面を見せるようになる。

　　望月麻衣的日常之謎、角色推理作品《京都寺町三條的福爾摩斯》系列登場的偵探。在創作網站「Everystar」上刊登後，於 2015 年雙葉文庫出版的第一集中首度登場，目前已出版至第 9 集。網路版與書籍版的故事發展和人際關係並不相同。自 2017 年起連載漫畫，2018 年 7 月開始播放電視動畫。

　　「家中有沒有沉睡的古董呢？我將為您鑑定和收購。」家頭清貴在京都寺町三條商店街上，一家名為「藏」的小古董店從事見習鑑定士的工作。第一集時為 22 歲。本職是京都研究所學生，攻讀「文獻文化學」。店主是清貴的祖父：國家鑑定師家頭誠司，店長則是父親家頭武史。店主不在期間，就交由父親與清貴輪流看店。父親本業是作家，撰寫歷史小説與專欄，母親在清貴 2 歲時因病過世。

　　清貴體型修長，有著一頭光滑的稍長瀏海，鼻子挺拔，是個俊俏男子。觀察力相當敏銳，能準確説中對方的背景與內心所想之事，被稱為「福爾摩斯」，不過他本人堅稱「會被稱為福爾摩斯，是因為姓氏家頭為『家（HOME）＋頭（ZU）』的緣故（讀音與福爾摩斯相近）」。從小就擁有擅於鑑別事物的眼光，再加上從祖父手上見過許多古董真跡，對古典美術與京都有淵博的知識。看似待人圓滑、品格良好，但本人與旁人都認為他是一個雙面、陰險的怪人。在京都土生土長，平常都説敬語，情緒高漲時會説京都腔。開著祖父的「捷豹」轎車。

　　故事主角真城葵是一位高二學生，從崎玉縣大宮搬到京都已經半年。她拿著祖父的古董品到「藏」變賣，因而被家頭邀請到「藏」打工。個性直爽，有著可以看透作品價值的「好眼力」。讓葵來説的話，清貴就是個「壞心眼的京都男子」。

　　清貴很擅長泡咖啡，會為葵泡咖啡牛奶。他也曾學習武術、腕力很強。由於過去的失敗，他對於女性關係一直很膽怯，和葵相遇之後出現了變化，漸漸對她一心一意，有時也會在葵的面前露出很遜的一面。

安楽椅偵探

# 89　影山
かげ　やま

影山 ● 106

影山は東川篤哉のユーモア・ミステリー小説『謎解きはディナーのあとで』シリーズの主人公、宝生麗子の執事兼専属運転手である。世界的企業グループ「宝生グループ」の総帥の令嬢でありながら、警視庁国立署の新米刑事でもある麗子の日々の給仕や送迎などをしている。2007年に『文芸ポスト』に掲載された作品で初めて登場した。

「影山」という名字以外、フルネームは不明で、年齢は30代半ばである。ダークスーツに銀縁眼鏡でひょろりと背が高く、スマート[1]な体型をしている。全長7メートルはあろうかという黒塗りのリムジンで麗子を送り迎えする。宝生家に雇われてまだ一か月であるが、謹厳実直を絵に描いたよう[2]な性格で、常に感情を表に出さず、麗子をエスコートする。反面、丁寧な言葉遣いでありながらストレートな物の言い方をし、主人である麗子に暴言すれすれの毒舌を吐いては麗子を怒らせる。影山の素性や執事になった経緯は不明だが、本人は「ほんとうはプロ野球選手かプロの探偵になりたかったのでございます」と話

している。探偵になりたかったと言うとおり、推理力に長けており、麗子が遭遇した難解な事件を、現場を見ずとも話を聞いただけで完璧に推理し、解決してしまう。基本的には自分の足で捜査を行わない安楽椅子探偵であるが、時に麗子と事件現場に出向いたり、出先で事件に遭遇したりもする。その際、犯人に出くわした場合は、護身用の武器として特殊警棒を用いることがある。麗子の上司である風祭警部も主要な登場人物だが、影山とはあまり接点がない。

影山が推理を話す前に、麗子に浴びせる毒舌には以下のようなものがある。「この程度の真相がお判りにならないとは、お嬢様はアホでいらっしゃいますか。」「ひょっとしてお嬢様の目は節穴でございますか。」「お嬢様は冗談をおっしゃっているのでございますか。もしそうだとすれば『ウケる〜』でございます。」などである。そのたび麗子は「クビ[3]よ、クビ！絶対クビ！」と叫んでいる。

テレビドラマと映画で映像化された際は、嵐の櫻井翔が影山を演じ、北川景子が宝生麗

動詞ナイ形＋ずとも（「する」會變成「せずとも」）　**就算不～也**

1. スマート　**苗條**　來自英文的單字「smart」，不過日文中主要意指體型修長、外型姣好。
2. 絵に描いたよう　**典型的**　典型之意。或意指美麗的事物。
3. クビ　**炒魷魚**　從「頭被砍掉」之意引申為被解僱。通常會用片假名表示。

子を演じた。

　　影山是東川篤哉的幽默推理小說《推理要在晚餐後》系列男主角，是寶生麗子的管家兼專屬司機。麗子是世界企業集團「寶生集團」總裁千金，也是警視廳國立署的新進刑警，影山負責每天接送與服侍麗子。2007 年於刊載在《文藝 Post》上的作品中初登場。

　　除了「影山」這個名字外，全名不詳、約 35 歲。穿著黑色西裝、戴著銀框眼鏡，身材高瘦，體形修長，開著長 7 公尺的黑色豪華轎車接送麗子。被寶生家雇用才一個月，典型的穩重耿直性格、喜怒不形於色，是麗子的護衛。另一方面，他用字遣詞很有禮貌，說話卻很直接，會對主人麗子說出毒舌的發言，惹麗子生氣。影山的背景與成為管家的經歷都不明，但本人曾說「其實想成為職業棒球員或職業偵探」。如同他曾說想成為偵探般、非常擅長推理，每當麗子遇到棘手的事件時，他連現場都沒看，只聽麗子敘述就可以完美推理、解決案件。基本上影山是屬於不靠自己親自搜查的安樂椅偵探，不過有時也會和麗子去案件現場，或是在路途中遭遇事件。此時要是遇到犯人，影山就會使用特殊的警棍當作防身武器。麗子的上司風祭警官也是主要登場角色，不過和影山沒什麼交集。

　　影山在推理前，會對麗子說出如下的毒舌發言。「連這種程度的真相都無法看清，大小姐您是笨蛋嗎」、「該不會大小姐的尊眼是瞎了吧」、「大小姐您在說笑話吧？如果是的話，真的『超爆笑～』」等。此時，麗子會大吼：「炒魷魚喔！炒魷魚！絕對要開除你！」

　　拍成電視劇與電影時，是由嵐的櫻井翔飾演影山，北川景子飾演寶生麗子。

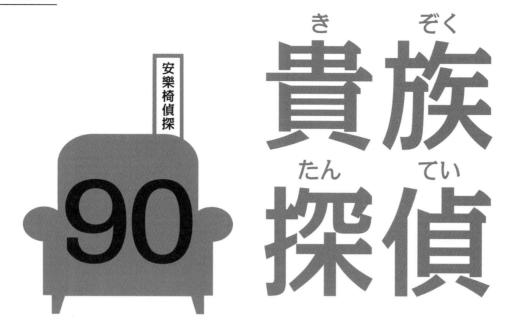

安樂椅偵探

# 貴族探偵
## 90

貴族偵探　⚫ 107

麻耶雄嵩の短編推理小説『貴族探偵シリーズ』に登場する探偵である。2001 年に雑誌に掲載された短編作品で初登場した。

「人は私のことを貴族探偵と呼びます。」と語るのみで、名前、年齢、住所など全てが不明だが、見た目は 20 代のようである。背が高く色白のすっきりした顔立ちで、口元によく手入れされた[1]豊かなひげを蓄えており、皇室御用達で有名な常盤洋服店のオーダーメイドのスーツを着ている。由緒正しい[2]上流階級の生まれで、趣味で探偵をやっているという。物腰は柔らかく、クールを気取っているが、実はプライドが高く、感情が表に出やすい。よく事件関係者に配る名刺には住所も名前も書かれておらず、ただ中央に金の箔押しで「貴族探偵」と記されているだけである。

毎回色々な事件現場に現れ、刑事に怪しまれ現場から追い出されかけるが、警察署長から電話が入ると刑事の態度は一変し、貴族探偵に捜査情報を提供する。

「探偵」とは言うものの、肝心[3]の捜査や推理、謎解きは全て探偵に仕える使用人にやらせて、貴族探偵本人は最後まで何もしない。さらに、「そんな面倒なことをこの私がする必要はない。雑用は家人に任せればいいことだ。」と言い放ち、紅茶を飲みながら、事件関係者の女性をきざ[4]な言葉で口説いたりする。つまり、実質的には探偵ではなく、貴族探偵が現れたら事件が解決する、というだけの存在である。

実際には、山本、田中、佐藤という 3 人の使用人が推理を行う。山本は燕尾服に蝶ネクタイをした、がっしりした体格の 50 代の執事で、田中は黒いワンピースに白いエプロン、白いカチューシャをつけた 20 代のメイド、佐藤は無地の白シャツと濃紺のベストに制帽をかぶった、身長が 2 メートルほどもある 40 代の運転手である。3 人は貴族探偵のことを「御前」と呼ぶ。『貴族探偵対女探偵』では新米探偵の高徳愛香が貴族探偵に推理で挑む。

2017 年にテレビドラマ化され、嵐の相葉雅紀が主役の貴族探偵を、武井咲が高徳愛香を演じた。ドラマでの服装は原作と違い、金襟・金ボタンのジャケットとボルドーのロ

動詞マス形＋かける　做～到途中為止、再一下就會變成～的狀態

1. 手入れする　修整　為保持良好狀態，進行整備、修補等動作。
2. 由緒正しい　血統純正　家世高貴。
3. 肝心　重要　（從肝臟和心臟對人體來說極為重要引申而來）形容特別重要。
4. きざ　裝模作樣　服裝、態度和言行裝模作樣，很討人厭。

ングブーツにステッキを持ち、ヨーロッパ貴族のような身なりをしている。謎解きのシーンでは、再現 VTR を使って解説するなど、ユーモアあふれるものとなっている。

麻耶雄嵩的短篇推理小說《貴族偵探系列》中登場的偵探。初登場於 2001 年雜誌短篇作品。

他只說：「人們稱我為貴族偵探。」除此之外，名字、年齡、地址等資訊一切不明，外表看起來約 20 多歲。身高很高，膚色白皙且相貌端正，嘴邊蓄著修整整齊的濃密鬍鬚，穿著訂製西裝，是皇室御用且知名的常盤洋服店所製作。出身自血統純正的上流階級，據說是因為興趣才當偵探。個性溫和又愛裝酷，但其實自尊心很強，容易把自己的情感表現出來。給案件關係人的名片上通常不會寫住所跟名字，只在中間用金箔印上「貴族偵探」的字樣。每次都會出現在各種案件現場，刑警認為他是可疑人物而趕他離開，但只要一接到警察署長的電話，刑警馬上就會改變態度，把搜查情報提供給貴族偵探。

雖說是「偵探」，但最重要的搜查、推理和解謎全部交給侍奉偵探的傭人去執行，貴族偵探本人到最後什麼都沒做。他甚至斷言：「這麼麻煩的事我沒必要去做。雜事交給家僕就好。」後邊喝著紅茶，邊裝模作樣地追求女性案件關係人。換言之，他並非實質上的偵探，只是貴族偵探出現後事件就一定會解決而已。

事實上，進行推理的是山本、田中、佐藤這三名傭人。山本是身穿燕尾服、打著領結且體格健壯的 50 幾歲管家；田中是穿著黑色洋裝、圍白色圍裙、戴白色髮箍的 20 幾歲女僕；佐藤則是穿著白色素上衣、深藍色背心、戴著司機帽，近 2 公尺高的 40 幾歲司機。三人都稱呼貴族偵探為「老爺」。在《貴族偵探對女偵探》中，新人偵探高德愛香曾向貴族偵探挑戰推理。

2017 年拍成電視劇，由嵐的相葉雅紀飾演主角貴族偵探，武井咲飾演高德愛香。電視劇中的服裝與原作不同，貴族偵探身穿金色衣領、金色鈕扣的外套，腳穿酒紅色長靴，拿著手杖，像是歐洲貴族。在解謎場景中會使用重現短片的方式來說明手法，非常幽默。

警察官

91

# 古畑任三郎

古畑任三郎　● 108

　フジテレビ系で放送された、テレビドラマの主人公。三谷幸喜が脚本を担当し、田村正和が主演した。三谷幸喜が好きだったというアメリカのテレビ・ムービー『刑事コロンボ』に倣って「倒叙もの」といわれる形式をとっており、毎回最初に犯行の全容を見せておき、最後に古畑任三郎が真犯人を自供に追い込む。犯人も『コロンボ』同様、有名人や社会的地位の高い人物が多い。終盤の解決篇の直前に画面が暗転し、古畑が視聴者に向かって「挑戦」する構成はアメリカのテレビ・ムービー『エラリー・クイーン』からの引用である。

　警視庁刑事部捜査一課警部補の古畑任三郎は、1949年1月6日生まれで本籍は長野県にある。東京都世田谷区に住んでいたが、その後府中市分倍河原へ転居した。1994年に始まった1stシーズンでは毎回違う色のシャツを着ていたが、1996年の2ndシーズンからは黒のスーツに黒のシャツ、冬には黒のロングコートという黒ずくめのファッションになっている。移動は主にセリーヌの金色の自転車で、運転免許は持っていない。

　警視庁きっての[1]推理力の持ち主で、鋭い観察眼と直観力で犯人の発言の矛盾を見抜き、巧みな話術により犯人に執拗に迫る。普段は紳士的だが、いたずら好きで負けず嫌い[2]な性格でもある。血を見るとめまいを起こし、拳銃を持たない。警察手帳すら不携帯のときがある。好物は魚肉ソーセージと酢豚、スイーツ、ハンバーガーで、嫌いなものはあたりめである。

　独身であるが、1stシーズン第一話の犯人、小石川ちなみ（演、中森明菜）とはかなり親しい関係だった。小石川ちなみはその後別の男性と結婚したことになっている。

　西村雅彦演じる今泉慎太郎巡査は古畑の部下で、45歳の独身である。三谷幸喜曰く「史上最低のワトソン」であり、直接捜査には役に立たないが、今泉の無意味な言動が古畑にヒントを与えることがよくある。単純でおっちょこちょいな性格で、古畑にとって絶好のからかい相手であり、よくおでこをたたかれる。自律神経失調症により、2度一時休職している。石井正則演じる刑事、西園寺守は古

名詞＋ずくめ　全部都是～、從什麼到什麼都是～

1. （名詞）きっての　最　在～範圍中最～怎麼樣的。
2. 負けず嫌い　不服輸　討厭輸給別人的好強性格。
3. 一目置く　自嘆不如　（源自圍棋中較弱的那方會先放一子）承認比
   自己還要優秀，表達敬意。

畑も一目置く³有能な部下であるため、今泉から嫉妬されている。
　ドラマ『古畑中学生』では山田涼介が古畑の中学生時代を演じた。

　為富士電視台的連續劇男主角。三谷幸喜擔任編劇，田村正和主演。效仿三谷幸喜喜愛的美國電影《神探可倫坡》，採用「倒敘法」的方式，每集開頭會讓觀眾看到犯行的全貌，最後再由古畑任三郎逼真兇招供。犯人大多像《可倫坡》一樣，是名人或社會地位高的人。進入最終解決篇之前畫面會轉暗，古畑向觀眾發出「挑戰」，這種呈現方式是引用美國的電視連續劇《艾勒里·昆恩》。

　古畑任三郎為警視廳刑事部搜查一課的警部補。1949 年 1 月 6 日生，本籍在長野縣。原本住在東京都世田谷區，後搬到府中市分倍河原。在 1994 年開始播放的第一季中，古畑每次都穿不同顏色的襯衫，但在 1996 年的第二季後就改穿黑西裝、黑襯衫，冬天時則穿黑色長大衣，一身全黑的服裝。主要交通工具是一台金色的 CELINE 牌腳踏車，沒有駕駛執照。

　古畑是警視廳中推理能力最好的人，用敏銳的洞察力看穿犯人發言中的矛盾，並透過精巧的話術

頑強地逼迫犯人。平常很紳士，但也有著愛惡作劇和不服輸的性格。一看到血就會頭暈，沒有佩槍，有時候連警察證都不帶。喜歡的食物是魚肉香腸和咕咾肉、甜點、漢堡，討厭的東西是魷魚絲。

　單身，不過與第一季第一話的犯人小石川千奈美（中森明菜飾）關係親密。小石川千奈美之後和別的男性結婚了。

　由西村雅彥飾演的今泉慎太郎巡查是古畑的部下，45 歲、單身。被三谷幸喜稱為「史上最差勁的助手」，雖說在搜查上沒有實質用處，不過今泉無意的言行舉止常常會給予古畑提示。個性單純且冒失，對古畑來說是絕佳的惡作劇對象，常被古畑彈額頭。由於患有自律神經失調，曾經兩度停職。此外，石井正則飾演的刑警西園寺守是一位非常有才能的部下，連古畑都自嘆不如，遭受今泉嫉妒。

　在連續劇《古畑中學生》中，由山田涼介飾演古畑的國中時代。

警察官

92

# 杉下右京
すぎ　した
う　　きょう

杉下右京　● 109

　テレビドラマ『相棒』の主人公。水谷豊演じる杉下右京とその相棒とで、事件を解決していく。2000年に単発ドラマとして放映されたが、後に連続ドラマとなり、現在season16まで続いている。初代相棒は亀山薫（演、寺脇康文）、二代目相棒は神戸尊（演、及川光博）、三代目相棒は甲斐享（演、成宮寛貴）、四代目相棒は冠城亘（演、反町隆史）である。

　杉下右京は警視庁特命係所属の警部である。「特命係」とは、捜査権のない警視庁の窓際部署で、「警視庁の陸の孤島」と言われている。右京とその部下の二人体制だが、部下が右京のやり方についていけず、6人連続で警視庁を去ったことから、「人材の墓場」とも呼ばれる始末である。

　生年月日は不明だが、season1では45歳であった。東京大学法学部を卒業し、警察庁に入庁、3年間のスコットランドヤードでの研修後、警視庁刑事部捜査二課に出向となる。そこで、ある事件の「緊急対策特命係」に任命されるが、上官と意見が食い違い[1]解任さ

れる。この事件は未解決に終わり（のちに特命係により真相解明される）、特命係に左遷された。

　髪型はオールバックで、イギリス紳士風スーツの胸ポケットにポケットチーフを挿し、銀縁の眼鏡をかけている。紅茶の入れ方にこだわり[2]があり、ポットを高々と上げて戻すという注ぎ方をする。チェスと落語とクラシック音楽を好み、幽霊などの非科学的なことにも関心がある。ピアノの演奏や車の運転などの高い技術を有し、様々な分野に精通しているが、女心はあまり理解できない。

　正義感が強く、理性的で観察力もあり、頭脳明晰である。周囲からは、マイペース[3]な変人だと思われている。出世には興味がなく、事件の真相を明らかにし、犯人を逮捕することに闘志を燃やす。普段は冷静で穏やかだが、犯人が罪を罪とも思わないような態度をとると、顔を震わせ声を荒げる。真相解明のためなら人間関係が壊れても気にならず、味方とも対立することがある。「はいぃ？」「おやおや」などが口癖である。

動詞辭書形＋始末だ（しまつ）　最後～變成這般不好的狀況或結果

1. 食い違う（くいちが）　相左　應該一致的事物沒有一致，無法順利配合。

2. こだわり　堅持　拘泥。近年來常用於不妥協、不斷追究這種肯定的意義上。

3. マイペース　我行我素　和製英語「my+pace」，意指用適合自己的速度執行事物。後來也意指不受他人左右、不會破壞個人方法與進度的人。

　現在は独身。離婚した元妻（げんざい どくしん）（もとつま）、宮部（みやべ）たまきは小料理屋（こりょうりや）を営（いとな）んでいたが、閉店（へいてん）して旅（たび）に出（で）た。今（いま）は右京（うきょう）が事件（じけん）で関（かか）わった女性（じょせい）が店（みせ）を引（ひ）き継（つ）いでいる。

　為電視劇《相棒》的男主角。由水谷豐飾演杉下右京，和搭檔一同解決事件。2000 年播放單集劇，後來拍成連續劇，至今已持續到第 16 季。第一代搭檔為龜山薰（寺脇康文飾），第二代為神戶尊（及川光博飾），第三代為甲斐享（成宮寬貴飾），第四代為冠城亘（反町隆史飾）。

　杉下右京是隸屬於警視廳特命組的警官。所謂「特命組」，是指沒有搜查權的警視廳養老單位，又被稱為「警視廳的孤島」。體制為右京和部下兩人一組，但部下跟不上右京的做法，已經連續 6 人離開了警視廳，而這也是特命組會被稱為「人才墳場」的原因。

　出生年月日不詳，第一季時是 45 歲。東京大學法學院畢業後，進入警視廳，在倫敦警察總部（蘇格蘭場）研修三年後，轉調到警視廳刑事部搜查二課。在那裡他因某個事件被轉任到「緊急對策特命組」，卻和長官的意見相左而遭解職。當時事件並沒有解決（之後由特命組解開真相），他就被降轉到特命組了。

　髮型為後梳頭，身穿英國紳士風格的西裝、在胸前口袋插上方巾，戴著銀框眼鏡。泡紅茶時會堅持把茶壺高高舉起、再往下注入熱水。喜歡西洋棋、落語和古典音樂，也會關注幽靈之類的非科學性事物。鋼琴演奏與開車技巧都很好，精通各種領域，卻不太理解女人心。

　正義感很強，也有理性的觀察力、思緒清晰。周遭的人都認為他是一個我行我素的怪人。對出人頭地沒什麼興趣，只有在查明事件真相、逮捕犯人時會燃起鬥志。平時冷靜沉著，但只要犯人表現出不認為自己有罪的態度，他會臉部顫抖地大聲叱責。為了解開真相，就算破壞人際關係也不在意，有時也會跟自己的搭檔對立。口頭禪有「嗯？」、「哎呀哎呀」等。

　目前單身。與他離婚的前妻宮部玉樹經營一家小料理店，但之後宮部關店去旅行了。現在，該店由一位右京在事件中認識的女性繼承。

警察官

**93**

# 十津川省三

十津川省三　◯ 110

西村京太郎の多くの作品に登場する警察官。『土曜ワイド劇場』や『火曜ミステリー劇場』などいわゆる「2時間サスペンス」のドラマシリーズも人気があり、渡瀬恒彦、高橋英樹、内藤剛志など、多くの俳優が演じてきた。

警視庁刑事部捜査一課の警部である十津川省三は、1942年7月27日に東京都のとある新興住宅地で生まれた。大学時代はヨット部に所属する一方、太宰治に影響を受けた小説を書き、同人誌も発行していた。大学卒業後に警視庁に地方公務員として採用され、25歳で捜査一課の刑事となった。1973年の『赤い帆船』で初登場したときは30歳の警部補で、海洋事件専門に活躍する刑事であった。37歳で警部に昇進し、『黙示録殺人事件』以降は40歳という設定で固定されている。『寝台特急殺人事件』からは専ら[1]鉄道関係の事件を捜査するようになった。元々は身長163cm、体重68kgと設定されていたが、ドラマで十津川を演じる渡瀬恒彦に合わせて、途中から身長173cmに変更された。

『夜間飛行殺人事件』で知り合った、インテリア・デザイナーの直子と結婚し、国立近くの庭付きの家で暮らしている。子供はいない。十津川は直子と初婚であったが、直子は再婚である。雄犬「のりスケ」と雌のシャム猫「ミーコ」をペットとして飼っている。

感情をあまり表に出さない冷静な性格でありながら、熱血漢な面もある。高所恐怖症であるほか、寒さに弱く風邪をひきやすい。大阪出身の妻、直子以外の関西人が苦手である。インスタントコーヒーと蕎麦が好物で、パンとお茶が嫌いである。捜査方法は至って[2]堅実で、部下に指示を与え、地道に証拠を集めていく。また、国内、海外を問わず、必要とあればすぐに現地に飛ぶ。犯人ではないかと疑った人物には何度も会い、捜査状況を話し、相手の反応や行動によって犯人を追い詰める。拳銃は携行しているが、発砲することは少ない。

仕事でのパートナーは亀井定雄刑事で、「亀さん」と呼ばれている。ドラマでは愛川欽也や伊東四朗が演じた。青森生まれ、仙台

名詞＋を問わず　與～沒有關係

1. 専ら　專心　不管其他事情，專心在
   一件事情上。
2. 至って　極為　極度、非常。
3. たまたま　偶然　沒有多想，剛好遇
   到那樣的情況。

▲ 《十津川警部：生命》上、下中文版（新雨出版社提供）

育ちの45歳で、血液型はB型、白髪交じ
りで太っている。穏やかな性格で、十津川か
らの信頼も厚い。亀井を始め、西本刑事や日
下刑事など7～10人で構成される「十津川
班」で事件を解決する。
　「十津川」の名前の由来は、西村京太郎が
たたまた³地図を見ていたときに、目に留まっ
た奈良県十津川村から取られた。

　於西村京太郎許多作品中登場的警官。在《週
六 Wide 劇場》、《週二 Mystery 劇場》等「兩
小時懸疑劇」系列也很受歡迎，由渡瀨恒彥、高
橋英樹、內藤剛志等眾多演員飾演。
　警視廳刑事部搜查一課的警官十津川省三，
1942 年 7 月 27 日生於東京都某新興住宅區。大
學時代曾加入帆船部，受太宰治影響開始寫小說，
也發行同人誌。大學畢業後被警視廳錄用為地方公
務員，25 歲成為搜查一課的刑警。1973 年在《紅
色帆船》中登場時為 30 歲的警部補，是一位專精
海洋事件的刑警。37 歲晉升為警部，在《默示錄
殺人事件（暫譯）》後年齡設定就固定為 40 歲。
自《臥鋪特快車謀殺案》起，決定專心搜查鐵道
相關事件。原本設定的身高為 163 公分、體重 68

公斤，但為了配合劇中飾演十津川的渡瀨恒彥，
中途變更為 173 公分。
　與在《夜間飛行殺人事件》中認識的室內設計
師直子結婚，於鄰近國立市的一間有庭院的房屋
生活，膝下無子。十津川是第一次結婚，但直子
是再婚。飼養公犬「海苔助」和母暹羅貓「小咪」。
　喜怒不形於色，性格冷靜，但其實也有熱血硬
漢的一面。不僅有懼高症，還很怕冷、容易感冒。
除了大阪出身的妻子直子外，不擅長應付關西人。
喜歡即溶咖啡跟蕎麥麵，討厭麵包和茶。搜查方法
極為踏實，給予部下指令、確實收集證據。無論
是國內還是國外，只要有必要就會馬上飛往當地。
對懷疑的人會跟他見好幾次面，講述搜查狀況，
根據對方的反應與行動來逼出犯人。有佩戴手槍，
不過很少實際開槍。
　稱呼工作夥伴龜井定雄刑警為「龜先生」。在
電視劇中，愛川欽野和伊東四朗都曾飾演過龜井。
青森出生仙台長大，現年 45 歲，血型 B 型，白髮
交雜體型微胖。因其個性沉穩，深受十津川的信
賴。由龜井、西本刑警、日下刑警等 7 到 10 人組
成的「十津川班」來解決事件。
　「十津川」的名字由來，是作者西村京太郎有
次看地圖時，偶然看到奈良縣的十津川村，因而
以此命名。

超能力偵探

94

# 榎木津礼二郎
えのきづ　れいじろう

榎木津禮二郎　⏺ 111

京極夏彦の小説『百鬼夜行シリーズ』に登場する探偵。作者のデビュー作である1994年出版の『姑獲鳥の夏』で初めて登場した。

「薔薇十字探偵社」の私立探偵である榎木津は、昭和27年（1952年）時点で年齢は30代前半である。高身長に茶色の髪の毛、陶器のような白い肌という日本人離れした容姿の美男子。帝大法学部卒の秀才で、運動神経もよく腕っ節も強いうえに由緒正しい家柄の出身という一見非の打ち所のない人物であるが、本人はあらゆる[1]社会的地位に無頓着[2]で、自身は神の子であり探偵は神の就くべき天職であると豪語する。

父親は榎木津幹麿元子爵で、商売に成功した総一郎という兄がいる。父親に生前分与された財産で神保町に三階建ての貸ビル「榎木津ビルヂング」を建て、最上階を事務所兼住居としており、実質的な生計はビルのテナント料で立てて[3]いる。実家から派遣された安和寅吉という青年と、探偵助手の益田と3人で探偵社を運営している。

極度の弱視であるが、代わりに「他人の記憶が見える」という特殊能力を持つ。得られるのは視覚的情報のみで音やにおいや時系列、思考などは一切把握できない。この能力は子供の頃からあったが、戦争中に照明弾を受け、左目の視力を大幅に失って以来、更に強くなったという。人の名前を覚えるのが不得意なうえ、覚えようとする努力すらせず、相手を適当な名前で呼ぶ。好きなものは猫と赤ん坊で、クッキーや最中のような水気のない菓子が嫌いである。

探偵でありながら、「捜査は下賤の存在が行うもので、神たる自分には必要ない」として捜査しない。事件現場へ赴くも捜査や推理はほぼ行わず、依頼者の話を聞かないうちから唐突に[4]犯人や探し物の位置などの正解を語って解決してしまう。そのため、関係者は全く展開についていけず、周囲の人からは「榎木津に依頼をしても被害者が増えるだけ」などと言われるほど傍若無人な変人である。

古本屋「京極堂」を営む中禅寺秋彦と小説家の関口巽は旧制高等学校の一期後輩で、刑事の木場修太郎は幼馴染である。中禅寺兄妹

名詞＋たる（事物、人、團體等） （來
自文語文法「たり」的連體形）身為
○○，所以…、處於～身分、立場的
○○，所以…（後面常接批判性的意見）

1. あらゆる～　所有的～　（連體詞，
接續名詞）所有的～
2. 無頓着　毫不在意　不在意、不拘泥
於事物。
3. 生計を立てる　維持生計　靠～賺錢
來維持生活。
4. 唐突に　突然地　沒有預兆，突然執
行某件事的不自然模樣。

▲ 《魍魎之匣》上、下中文版封面（獨步文化出版提供）

及び中禅寺と関口の妻以外の周囲の親しい全
ての人間を「自らの下僕」と言う。しかし、
「下僕」と称しつつも内心は友人思いのとこ
ろもある。

　2005年に『姑獲鳥の夏』が、2007年に
『魍魎の匣』が映画化され、阿部寛が榎木津
を、堤真一が主演で中禅寺を演じた。

　京極夏彦的小説「百鬼夜行系列」中的偵探，在
1994年作者出道作品《姑獲鳥之夏》中首度登場。

　「薔薇十字偵探社」的私家偵探榎木津在昭和
27年（1952年）時為30～35歲。身材修長、
褐髮和如陶器般雪白的肌膚，是名外貌不像日本
人的美男子。為帝大法學部畢業的秀才，運動神
經敏銳，腕力又強，再加上血統純正的高貴家世，
乍看是無可挑剔的人物，但他本人對所有的社會
地位毫不在意，曾誇口說自己是神之子，而偵探
是神的天職。

　父親為榎木津幹麿前子爵，並有位經商成功的
哥哥總一郎。他用父親生前分給他的財產，在神
保町建了一棟三層樓的租賃大樓「榎木津大廈」，
把最頂樓當成事務所兼住家，實際上的生計是靠
著大樓租金來維持。和從老家派來的青年安和寅

吉與偵探助手益田三人一同經營偵探社。

　是名極度弱視，卻有「能看見他人記憶」的特
殊能力。他能得到的只有視覺資訊，聲音、味道、
時序與想法等都無法得知。他從小就有這個能力，
在戰爭中因照明彈大幅喪失左眼視力後，就變得
更強了。很不擅長記人名，也沒努力要記，稱呼
對方時就隨便叫一個名字。喜歡貓和小嬰兒，討
厭餅乾、最中這樣乾巴巴的點心。

　雖是偵探，卻說「搜查是下等人做的事，身為
神的自己沒必要做」，故完全不搜查。即使到了
事件現場也幾乎不搜查、不推理、不聽委託人的
話，然後突然就正確說出犯人和遺失物的位置等，
解決案件。因此，事件關係者完全跟不上他，周
圍的人也形容他是「即使委託榎木津，也只是增
加被害者而已」這般旁若無人的怪人。

　經營二手書店「京極堂」的中禪寺秋彥和小說
家關口巽是他在舊制高中時晚一期的後輩，刑警木
場修太郎則是青梅竹馬。除了中禪寺兄妹、中禪
寺和關口的妻子以外，他都說周圍所有與他親近
的人是「自己的僕人」。然而，即使稱作「僕人」，
內心卻很為朋友著想。

　《姑獲鳥之夏》和《魍魎之匣》分別於2005
年、2007年拍成電影，由阿部寬飾演榎木津，堤
真一飾演中禪寺。

# 95

## 掟上今日子
<small>おきて　がみ　　きょう　　こ</small>

掟上今日子　⬤ 112

　西尾維新によるライトミステリー『忘却探偵シリーズ』に登場する主人公。初登場は2014年に出版された『掟上今日子の備忘録』で、現在シリーズで10巻刊行されている。

　「私は掟上今日子。25歳。置手紙探偵事務所所長。白髪、眼鏡。記憶が一日ごとにリセットされる」。掟上今日子は「置手紙探偵事務所」の所長であり、探偵である。前向性健忘症の一種で、眠ってしまうと全てを忘れてしまうので、自分の手足やおなかにこのような自分自身の情報や事件の内容など、大事なことをマジックで書いている。生年月日は不明。寝るまでに事件を解決してしまわなければならないため、基本的には1日で解決できない事件は引き受けず、事前の依頼予約も受け付けない。それゆえ「最速の名探偵」「忘却探偵」と呼ばれている。寝なければ記憶力は抜群で、事件解決のために何日も徹夜することもある。記憶は「ある時期」を境にそれ以降を失うようになったが、その時期は企業秘密としている。その時期以前については読んでいた本などを覚えていることがあるが、自分が何者であったかは覚えていない。また実際に体験したことは、「ある時期」以降でも覚えていることがある。寝室の天井には黒いペンキで荒々しく、彼女の字ではない筆跡で「お前は今日から、掟上今日子。探偵として生きていく」と書かれており、朝目が覚めたら最初に彼女の目に入るようになっている。今日子はこの字を書いた者を探している。

　容姿は上品でかわいらしく、総白髪で眼鏡をかけている。普段は地味な服装だが、浮かれる[1]と肌の露出度の高いファッションになる。一度着た服は二度と着ないと噂されるほど服をたくさん持っている。知識が豊富な上、DIYも得意である。物静か[2]な見かけによらず、謝礼などの金銭感覚はシビアでマイペースである。

　隠館厄介は25歳で、身長が190cm以上もある。悪いことができない性分でありながら、よく事件に巻き込まれ、毎回犯人に間違われては探偵の世話になっている。様々な探偵に助けを求めており、今日子もその中の一人である。今日子に好意を持っているが、

名詞＋を境に　以〜的時間做為分界點，在那之後〜

1. 浮かれる　開心　非常開心，情緒無法冷靜下來。
2. 物静か　沉著　用字遣詞與態度冷靜、沉穩。或指場所鴉雀無聲。
3. 僭越ながら　失禮　由自己這種人來執行，感到很恐慌之意。

彼女に依頼するたびに毎回「はじめまして」と挨拶されることにショックを受けている。

2015年にテレビドラマ化され、新垣結衣が今日子を、岡田将生が厄介を演じた。ドラマでは厄介に「何かわかったんですか。」と聞かれると、今日子は「はい、僭越ながら[3]。」という決め台詞を言ってから謎解きを始める。

西尾維新的推理輕小説《忘卻偵探系列》主角。初登場於 2014 年出版的《掟上今日子的備忘錄》，目前該系列已發行 10 本。

「我是掟上今日子，25 歲，置手紙偵探事務所所長。我留白髮、戴眼鏡。每過一天，記憶就會重置。」掟上今日子是「置手紙偵探事務所」的所長，也是偵探。她罹患一種前向型失憶症，只要睡著後就會忘記一切，因此她會用油性筆在自己的手腳和肚子上，寫下與自己有關的情報、事件內容等重要資訊。出生年月日不明。由於她一定要在睡前解決事件，故基本上不接一天內解決不了的案件，也不接受事前預約委託。因此被稱為「最快名偵探」、「忘卻偵探」。只要沒睡著，記憶力就相當好，為了解決事件，也曾經連續熬夜好幾天。她的記憶以「某個時期」為分界點，之後就會喪失，不過那個時期為商業機密。她記得在那個時期以前看過的書等，卻不記得自己是誰。此外若是自己經歷過的事，也有可能在「某個時期」過後依然記得。她的臥室天花板上狂野地塗著黑色油漆，上面寫著：「妳從今天開始就是掟上今日子，要作為偵探活下去。」但並非是她的字。隔天早上起床後，這些字就會率先映入眼簾。今日子正在尋找寫這些字的人。

她外表有氣質且惹人憐愛，一頭白髮戴著眼鏡。平常穿著樸素，但只要開心起來就會穿上較露的服裝。她的衣服非常多，多到據說穿過的衣服不會再穿第二次。除了知識豐富外，也很擅長 DIY。外表看起來很沉著，但對謝禮等金錢價值觀既嚴格又有自己的看法。

隱館厄介 25 歲，身高超過 190 公分。明明是個做不出壞事的人，卻常被捲入事件中，每次都被錯當成犯人，受到偵探不少照顧。他曾向許多偵探尋求協助，今日子也是其中一個。他對今日子抱有好感，只是每次委託她時她都會說「初次見面」，讓他很驚訝。

2015 年拍成電視劇，由新垣結衣飾演今日子，岡田將生飾演厄介。在劇中只要厄介問她：「妳知道些什麼了嗎？」她就會說出經典台詞：「是的，失禮了。」並開始解謎。

給讀者的挑戰書

## 96

「愛煙家、探偵小説好き、柔道の達人。」是哪一位
名偵探？

## 97

榎本徑在日劇「鍵のかかった部屋」（上鎖的房間）
中，口頭禪是什麼？

## 98

不去現場、不出房門，卻可以解決事件的偵探稱為？

## 99

「お化けと飛行機とトマトが苦手。」是哪一位名偵
探？

## 100

湯川學是物理學家，因此又被稱為？

100 ガリレオ（伽利略）

99 淺見光彥

98 安樂椅子偵探（安楽椅子探偵）

97 感覺得到了。（答案揭曉了。）

96 明智小五郎